旅人蕉文丛

Jiu shi xing

旧时星

刘克定 编著

暨南大學出版社
JINAN UNIVERSITY PRESS

中国·广州

图书在版编目（CIP）数据

旧时星/刘克定编著．—广州：暨南大学出版社，2016.1
（旅人蕉文丛）
ISBN 978－7－5668－1612－2

Ⅰ．①旧…　Ⅱ．①刘…　Ⅲ．①散文集—中国—现代　Ⅳ．①I266

中国版本图书馆CIP数据核字（2015）第211902号

旧时星
编 著 者　刘克定

出 版 人　徐义雄
策划编辑　潘江曼　杜小陆
责任编辑　潘江曼　赵梁信子
责任校对　姚荇姝
责任印制　汤慧君　周一丹
出版发行　暨南大学出版社（广州暨南大学　邮编：510630）
网　　址　http：//www.jnupress.com　http：//press.jnu.edu.cn
电　　话　总编室（8620）85221601
　　　　　营销部（8620）85225284　85228291　85228292（邮购）
排　　版　广州联图广告有限公司
印　　刷　广东广州日报传媒股份有限公司印务分公司
开　　本　850mm×1168mm　1/32
印　　张　7.125
字　　数　176千
版　　次　2016年1月第1版
印　　次　2016年1月第1次
定　　价　24.00元

（暨大版图书如有印装质量问题，请与出版社总编室联系调换）

旧时的星星，也是星星，在浩瀚的银河系里，他们也曾发过光；让我们谨记人类发展史上所有的星光，哪怕是一点微弱的闪光，也别忽略，那也是弥足珍贵的。

——题记

总　序

在酝酿组织出版这套丛书之时，我们取名为“旅人蕉文丛”，意在希望这套丛书像旅人蕉一样，为在求知跋涉中的读者，提供一片心灵遮风避雨的所在，奉献一掬清香的生命之泉，充分释放文学怡情悦性之效。于是，我邀集几位作家、老友，向他们索阅样稿，承蒙他们及时惠以支持，才得以完成这件有意思的事儿。

所谓丛书，应该是“文以类聚”，但千人一面，就失之平俗，所选的六本书，力求风格各有侧重，有说文谈史，有杂文随笔，有海外游踪，也有国内见闻，更有历史人物考证，长有韵味，短不谫陋，妙趣横生，“五味杂陈”，实如尝鼎一脔。

顾农说文谈史，言近旨远，所写之文多为“自己读书行路的收获和感慨”，他用闲谈式的随笔，将可谈与不可谈之物之事一一呈现，以飨读者。朱大路用“一寸见方”之文，说文表意，唱好了属于自己的“道场”，让遗落在“夹缝”里的题材，经过他的私人订制，成为富有个性色彩的符号。

三位女作家的散文，文笔清丽灵秀，情感细腻，别具一格。赵蘅用四弦之琴弹奏出人生岁月的丰富多彩，在记录书写生命故事之时，让我们感悟生命传承的意义，在追问“客从何处来”的过程中，翻看历史，体悟亲情。尤今用洞箫里流出的缤纷色彩将读者带进精神的伊甸园，将所见所闻所思形诸笔端，于轻松的述说中将生活给予我们的启示和教诲娓娓道来。朵拉笔调清新活泼，洒脱的行文中蕴藏着对人生、世态的情感和见解，其自出机杼，独树一帜，这大概就是“六经注我”的精神吧。

在初冬季节，读着出版社寄来的书样，感慨油然而生。读一本好书，犹如拜访一个高尚纯洁的灵魂，与之作心灵的对话，从作家的喜怒哀乐，以及他的取材、他的角度、他的发现，我看到他的快乐与痛苦，了解他的希望，我于是受到启迪，得到智慧，懂得感恩，变得聪明。

南方的冬季，不算太寒冷，找个僻静处，带上几本书，在暖暖的阳光下，静静地、寂寂地读起来，真有羲皇上人的感觉。借此机会，向丛书的作家、教授致以谢意，向出版社的编校人员致以敬意！

但愿这套丛书，受到读者的欢迎和喜爱，以它独到的语言、深刻的哲理、简朴的思想，哺育更多的心灵。

刘克定

2015 年 11 月 27 日

自　序

苏曼殊和张资平，是同时代的两位人物，也是文化历史上两颗曾经闪耀的星星，也都同是广东人，苏曼殊是珠海人，张资平是梅县人。

本书书名叫“旧时星”，是说以前的星光，并非“陈旧”“过时”之意，诚如克罗齐所言，一切历史都是当代史。人们只是用“此时”的历史观去阐释过去的历史。而我们今日的历史观念又如何？思想认识又如何？毋庸讳言，思想进步的历程是艰难的，谁也不可以说已到了头，谁也不可能说，历史的东西，都是应该摈弃的。

于是，应该纠正这样的历史观：把一切不合理的东西划入“旧”的范畴，而把“未来”的东西一概称为合理的、正确的。

郑振铎先生说：“荷马的《伊利亚特》与《亚特赛》，庄周的《秋水》《天运》，屈原、宋玉的词，莎士比亚的戏曲，陶潜、李白的诗，伊索、拉芳登（La Fontaine）的寓言，曹雪芹、托尔斯泰、莫泊桑、柴霍甫斯基的小说，几曾因时代的变迁而丧失他们的真价的一丝一毫呢！‘袅袅兮秋风，洞庭波兮木叶下’，谁能辨得出他是二千余年前的人所说的话呢？‘帘外雨潺潺，春意阑珊，罗衾不耐五更寒’，又有谁能辨得出不是千年后的读者所想象而欲说出的话呢？所谓‘新’与‘旧’的话，并不用为评估文艺的本身的价值，乃用为指明文艺的正路的路牌。”

那些“沉舟”“病树”所给的教训，则是不可趋步的前路，与“旧”和“新”是不同的两码事。新文化运动，反对古文，并不说古文即旧文，由此可见，“新”与“旧”的格格不入，指的只是法制和成规，方向和道路，而不是文学的作品和思想。

至于那些瞬间即逝的流星，也许已经闪动了很多年，它要化变了，投向虚空，栩栩然，蘧蘧然，那一抹金色的生命之火，长留在人们的心间，是永远美好的记忆，不会熄灭的。

整理编写苏曼殊、张资平的身世，力图用文学的笔触，再现那个时代的历史，因为他们的作品和遗笺太多，只能就收集得到的，约略作些介绍和注释，以窥一斑，尚希读者见谅。

应该感谢南社研究者香港大学杨玉峰教授、徐州师范大学邵迎午教授、已故的《南社研究》《广东南学》主编马以君先生的帮助，使我得以在苏曼殊研究中得到可贵的指导。还要鸣谢张资平研究者、作家、华南理工大学谭元亨教授和广东客家文化研究所特约研究员、梅县第十届政协委员梁德新先生，为我提供了一些张资平的珍贵照片。对一切支持此书的编辑和读者，感沏弥殷。

2015 年春节前后

目　录

倏忽而逝的流星

南社苏曼殊

时间：1884—1919

旷野，蒹葭随风起伏。近看，郁郁苍苍，无边无际；远看，似一片白雪，皑皑茫茫。

野渡，衰杨，山川寂寥。

小河清澈，可见水草游鱼；不宽，不深，可通小船。

小船在河中欸乃前行。

艄公一边摇橹，一边唱道：

妹送亲哥到汕头，一看大海妹心愁。
大海茫茫有止境，妹想亲哥无尽头。

阿哥出门去过番，妹子赶到晒禾滩。
双手牵住郎衣角，阿郎几时转唐山？
……

艄公对船舱里的苏曼殊说：“师傅，前面就是丹凤山了，望山走死马，今天天色已晚，绕来绕去，我看怕是到不了。”

苏曼殊："那就明天再往前赶吧？"

"天好像要下雨了，到哪儿歇脚呢？"

"船公，你看，前面有一棵大树，就在那儿落锚将就一夜吧！"

"那使不得！"

"不妨！我们出家人，行脚四方，经钵飘零，别看贫僧一副娇嫩相，随遇而安的日子没比你少过！"

艄公笑道："哈哈！咱们算是一路人啦，闲云野鹤，天宽地宽！"

这时，不远处传来噼里啪啦鞭炮声。

苏曼殊："是哪里这么热闹啊？"

艄公望了望："不远，就在前面的村里，办喜事呢！"

"哦？"苏曼殊兴致一下子高涨，钻出船舱，引颈眺望。

原来是广东某地村庄，客家人迎亲，男男女女，身着客家服饰，按客家礼仪，忙着婚嫁庆典，杀猪宰羊，做着米糕粽子，气氛热烈。一群孩子像鸟儿一样，追逐嬉戏，拾掇地上没放响的鞭炮，叽叽喳喳，欢乐不已。鸡鸣犬吠，蛙鸣声声，刚下过一阵小雨，青翠的竹叶还滴落着水珠。

客厅的大香案上，摆着许多的蛋肉之类喜仪。猪头染上红色；公鸡被剖开，翅尖和尾留一点鸡毛；两个猪肋、两个猪肘也被染成红色；两刀猪肉（点红），配以九九之数的红蛋、红花生。

婆家的礼品是一只半大母鸡，名为"匣"，即礼匣的意思。

人们在场院烧火做饭，杀鸡宰羊，吆五喝六，气氛活跃。

远处传来锣鼓唢呐声。

花轿到门口时，吹鼓手更加卖力奏乐，鞭炮声大作。

新郎身穿新马褂，头戴礼帽，向众人高高拱着手，以示谢意。

伴娘扶新娘下轿，郎伞上前举伞。新娘身穿蟒袍、霞帔，头戴凤冠、红盖头。

司仪高声说道:“典礼开始!”

年轻的帮厨，腰系围裙，点起鞭炮;鞭炮噼里啪啦响彻云霄，青烟飘散，有一股浓烈的硝烟味。

司仪大声喊:“迎新娘!”

鼓乐声起，惊天动地。新郎方一人手端筛子，筛子里盛着柏枝，以表祛邪，引新娘入家门。新娘跨进门槛时，鞭炮声响起。

司仪:“拜天地!”

新郎、新娘并立祖位前。

司仪:“一拜天!”

新郎、新娘下跪叩头。

司仪:“二拜地!”……“三拜日月!”……“四拜诸神!”

司仪:“展罗巾!”

新郎用折扇在新娘额上点三下，再用折扇挑开新娘的红盖头。

人们啧啧:“好漂亮的新娘啊!”

司仪:“拜高堂祖宗!”

新郎父母端坐正堂，父母背后是“入粤始祖神位”，牌位上写着“罗十九郎、罗十九娘之神位”。香案供品是:猪头、猪尾、猪手、红蛋各一，串以一箸，用新毛巾包裹。还供有茶、酒、香烛、纸钱。

新郎、新娘跪拜。

司仪:“一叩首!二叩首!三叩首!——新郎新娘入洞房!”

新郎将一盏清油灯里的两个灯芯合成一股，客家管此叫合灯。新郎、新娘喝交杯酒后，司仪将灯盏送入洞房，新郎、新娘跟随进入。

司仪指挥脚夫搬嫁妆进洞房。

司仪:“请上客!”

来宾入席，新人敬酒。

苏曼殊站立船头，若有所思，眼含热泪。

船渐行渐远。鞭炮声渐隐。

嘉应府的街道不宽，但很长，也很繁华。店铺鳞次栉比，有金铺、茶馆、饭店、书店、杭州老字号绸缎庄……招牌琳琅满目，人头攒动。时有人大声吆喝："新鲜鱼啊！刚从河里打来的呀！嫂子，买一条吧！便宜呐！"……

苏曼殊一介行者模样，头戴斗笠，背着包裹，在人群中穿梭。

苏曼殊在庆云寺挂单几天后，徒步走到广州市，他要去拜访罗弼牧师，也就是他信里称为马德里的人，几年前，继父把他交给罗弼，跟罗弼学英语，后来，继父死了，罗弼就把苏曼殊当儿子一样带在身边。罗弼有个女儿，叫雪鸿，跟苏曼殊朝夕相处，暗生情愫。

罗弼牧师家在广州太平山，一栋小房子，清幽绝俗，庭院植有各种奇花异草。客厅明亮宽敞，摆设着各种古器，说明主人有收藏的爱好。

罗弼听到门铃声，出来开门。他已经六十开外，是位身躯高大的铮铮之士，头发稀疏，但梳理得很整齐。

门外阳光很强，牧师双眼眯成一条缝，仔细打量蓬头垢面的苏曼殊。

"老师，您不认识我了？"

罗弼眼睛眯成一条缝，有顷："三郎！对！我认出来啦！上帝呀！来，让我好好看看！——三郎，你还记得吧，小时候，你、我，还有雪鸿，咱们在一起，多有意思！……你这几年过得怎样？你看上去身体不是很好，你来广州还有别的事吗？你先洗个澡，晚上咱们好好聊聊！"

苏曼殊睁大眼睛看着罗弼，眼里阴云密布。他低下头，合十胸前，喃喃地念了起来。

苏曼殊冰冻的心开始复苏，暖融融的阳光，让解冻的水，流回到几年前。

依山傍水，一座破庙。苏曼殊面对一盆吃剩的鸽子肉跪着，眼里噙着泪花。

一老和尚："你既愿皈依佛门，就应永持足戒，尔何以偷食荤腥，违犯戒律？"

"是。弟子愿随我师参证禅理，弘扬佛法，永护灵山。只是一时糊涂，偷食荤腥，请师父谅解！"十二岁的苏曼殊跪拜于地。

"呔！清规难犯，老衲纵有怜悯之心，也无法背规枉佛，尔还有何话说？"

苏曼殊微微一颤，流出泪水："弟子无父无母，也未曾有过天伦慈爱……本根钝浊，只赖佛光化被，我师提携，换回一点灵性，脱离茫茫苦海！没有想到劣根未尽，触犯清规，弟子愿受惩戒，但求不要将我逐出山门……"

"哦？"

"我母黄氏，并非亲生之母，弟子究竟出自何门，至今不明。养父年前去世，也未明示弟子身世。难言之痛，铭刻寸心。"

"唔。"法师双目微启，打量了苏曼殊一眼，忽然外面鸦声聒耳，道："这群乌鸦，总是来聒噪！"长叹一声："法门清净，清规森严，本应将你赶出山门，老衲念你年小，孤苦伶仃，身世飘零，罚你每天驱赶乌鸦吧！"

"谢师父！"说罢连连叩头。

"阿弥陀佛！"

伴着咚咚的木鱼声，一阵风吹来，穿过墙隙，呜呜作响，香烟随风飘散。

苏曼殊把这一切都向罗弼倾诉，仿佛面对慈父。

罗弼终于明白眼前的孩子身世很苦，需要抚慰："唉！既然如此，对你也是一种磨炼，孩子，生活好比土地，你要扎下根才行。"

"老师，我的生活不是土地，是岩石。"

"是岩石？岩石也会长出草和树木来。你太悲观了，你多年轻，多聪明，今后人生的道路还很长很长，空气、阳光、生活，都是属于你的！"

雪鸿，罗弼的女儿，一位美丽端庄的"公主"："Father！Good Afternoon！"

罗弼听到女儿的声音，像从梦中醒来，站起来大喊："鸿儿！先别上楼，快来看看，是谁来了？"

当跟随身后的苏曼殊走进雪鸿的卧室时，雪鸿大呼"三郎！"返身一把搂着他的脖子，呜呜地哭起来，她的心里，充满期待、惊喜和伤感。

此时苏曼殊心跳激烈，不住地流泪。早年在人间所得的一点温暖，都是她给的，看着她哭泣，他埋藏在心中深处的一种尚未淡化的人世间最宝贵、最馥郁的情结，化作泉涌，在血脉中奔突，他轻轻抱住雪鸿，抚摸她的柔发，眼角流着热泪。

"三郎哥，这些年你都到哪儿去了？连信也不写一个！"

雪鸿沉浸在美丽的梦中，她深情地吻着苏曼殊，不能自已。

"三郎哥，我们又见面了，你高兴吗？你怎么不说话？你心跳得好急，是高兴吗？我爱你，三郎哥！"

苏曼殊闭着眼，脸色煞白。

雪鸿仿佛又回到少年时期，心中热烈的爱使她呼吸急促，声音变低，紧紧地抱着苏曼殊。

苏曼殊感到头疼得很厉害，屋子在旋转，眼前幻化出荒原、大风、飞沙走石。他穿着袈裟，迎风前行，举步维艰。忽然被急促的“三郎”的喊声唤醒，他冒着冷汗。

他睁开双眼时，已经躺在客厅的沙发上。罗弼慈爱地摸着他的额头：“孩子，你觉得怎样？不舒服吗？唉，都是鸿儿太任性……”

“不不，是我不好，我对不起你，对不起鸿妹。”苏曼殊说着啜泣起来。

“孩子，我说句你不爱听的话，你的个性，决定你离道甚远，青灯黄卷，做一个熄灭人情的比丘，敲着木鱼，以求涅槃，那条路你是很难走到头的。你并不是真心皈依而是为了摆脱。既然如此，我只好让鸿儿断了这片痴情，我可以开导她，不要紧，但我担心的是你……”

“老师，你不要惦记我，我会好自为之的。”

“你会好自处之？我不相信你做得到。——好了，不说这些了，你说说下一步的打算吧。”

“我想回日本去会见我的生母、读书，无论如何，我要学习一些知识。”

“那好，”罗弼流着泪水，沉思有顷，拿出一沓钱，“这点钱，给你做路费，到横滨的船有很多班次。只是一路上风波跋涉，你要多加保重。”

“我几年后回来，再来看老师。”

“我们很快要回国了，只怕很难再见面了。”

“老师！”苏曼殊泣不成声，跪地拜谢。

四天后，罗弼夫妇赶往码头，为苏曼殊送行。苏曼殊穿上罗弼夫妇为他置办的西服；罗弼为他安排好旅途一切事宜。

码头风大，吹乱了罗弼的头发。

罗弼：“孩子，一路保重身体，到达日本后给我写信。”

雪鸿一身蓝裙赶来，面有愁容。与苏曼殊握手后，递给他一束紫罗兰和含羞草，以及一些英文书。

海天在前，轮船鸣笛一声，缓缓离岸。远处海鸥明灭。罗弼夫妇揩着眼泪，挥手致意。雪鸿迎风伫立，饮泣，挥手，似挥别，又似呼喊，忽然晕倒，罗弼赶紧趋前扶住。

船上，苏曼殊看得分明，合十垂首。

箱根。

苏曼殊的姨娘家。

河合氏携苏曼殊的到来，使姨母很高兴。

姨母身边跟着一位柔弱貌美、气质不凡的女子，她叫静子，是姨母的女儿。

苏曼殊被静子吸引，四目相对。

他顿时感到，与静子似有一段难解的缘分。

河合氏进屋，说：“静子，这就是我跟你说的三郎，在中国生活多年，最近回来看我。三郎，这就是你姨母的女儿静子，聪明贤惠，你们先谈谈吧，我去陪姨母说会儿话。”

静子：“三郎哥坐。……三郎哥，听说你也喜欢诗？”

苏曼殊：“是的，比如说，英国的雪莱，中国的李商隐，他们的诗我都很喜欢。”

静子：“李商隐的无题诗，其实是有题的。李商隐对爱情是始终不渝的。春蚕到死丝方尽，蜡炬成灰泪始干。……”

苏曼殊："此去蓬山无多路，青鸟殷勤为探看。"……他又一次见到红颜知己，心里的涟漪，把他再一次推向痛苦的孤岛。

在河合氏看来，三郎是自己的儿子，已经到了婚娶的年龄，该给他找个妻子，这是天经地义的事，尤其在日本。但对于苏曼殊，要突破这个底线，实在是太难了。

"三郎，你来，我今天很高兴，你姨母也很高兴，跟我谈及你的婚事，你已经20多岁了，还是单身一人，我和姨母想帮你把这事办了，把静子嫁给你做老婆，你早晚也有个人照应。今后就不要再回中国了，在这儿安居乐业，生儿育女。我也老了，身体又有病，这个事情不解决，我的病也好不起来，也对不住你的生父……"

"母亲不必伤心，容儿好好考虑。只是……"

"只是什么？"

"儿原只想回来看看您，至于婚娶大事，儿还是想终身不娶……"

"什么？终身不娶？你是不是糊涂了？"河合氏感到十分惊讶。

"儿自幼失怙，飘零一生，备受冷眼，心如死灰，伤心人别有怀抱，请母亲体谅。"

河合氏哭泣起来，这犹如无数铁锤敲击着曼殊的心。苏曼殊头冒冷汗，浑身颤动，不知所适，只是抓住河合氏的手，不住地喊着："妈，妈……"

曼殊泪如雨注，跪言："阿娘！是儿不孝，儿不懂事，今后一定谨遵母命。"

"孩子，你的终身大事，母亲怎能不管？怎能不仔细安排？娘心里没有一刻不为儿打算啊。静子性情好，人又聪明，妈最称心，儿千万不要被外面涂脂抹粉之流所迷眼啊！"

侍女进，跪曰："浴室已经准备好了，现在已经十点钟了。"

母高兴地抚曼殊肩："三郎，娘就下楼去检点儿的冬衣，你就去洗澡吧。"

曼殊浴毕，登楼面海，忽又云愁海思。

曼殊知道，母亲对婚事的态度十分坚决，而他一句慨允，说不定将给自己带来没完没了的烦恼。但是如果不答应，将何以安慰老母？事已至此，不如权顺老母之意，以后再作劝慰，或可收回成命。如果老母坚持己见，就只好和盘托出，老母可能会原谅我这个空门中人，不应婚娶。扪心自问，并非三郎无情义。当然，日本的真宗可以带妻，且可于刹中举行结婚仪式。但如果母亲以此为据，我又将如何应答？

山上传来松涛响声，曼殊心中惴惴不安，因念道："身体四大，各自有名，都无我者。"

次日，静子来，曼殊惊惶，静子似已看出曼殊内心，说："三郎，不管什么时候，你要听母亲的话，凡事不要固执己见、要性子。所谓终身不娶，自以为高，这样固执己见，容易授人笑柄！"

海边。

曼殊："姐姐，你看，那海心黑影，是渔船经过吧？"

静子不语。

静子走到曼殊跟前，用眼睛注视曼殊的脸，在月色空蒙之下，曼殊凝神注视静子，愈加显得端庄美丽，横云斜月，万籁俱寂，曼殊心潮起伏，不能自已，他仰头望天，则又乌云密布，只有残星数点，空摇明灭。

曼殊："姐姐，今夜景色真好！"

静子牵着曼殊，自己坐在枯石上。曼殊不由自主，立其膝畔。

静子："三郎，我问你，姨母是否跟你谈过我？"

曼殊神情紧张，垂头不敢正视静子，他心里默念：情网已开，插翅难飞！

静子："三郎，姨母怎么说？三郎可不是不懂世情的人啊！或者是三郎心里明白，故意不说？我感觉你不必这样回避。最近我见你总是郁郁寡欢，我所以问问你。"

曼殊故作镇定，嗫嚅道："我妈没说什么，或者说过几句，我也不记得了。"

静子愕然，不语，松开了温柔的手。

曼殊打算改变气氛，欲言又止。

忽然风起海面。静子四顾惶然，从襟间取出一香罗帕，塞入曼殊手中，说："三郎珍重，此中有绣角梨花笺，是我小时候随阿母挑绣而成，送给你吧，聊报你赠我画作，希望你接受！"眼里流露无限爱意。

曼殊无以为计，拒之于心不忍，受之则睹物思人，进退两难。

海风愈猛，阴风怒号，巨浪触石，如破军之声。

静子忽将笺帕纳于曼殊胸间，然后用手挽着曼殊手臂，以腮紧贴曼殊脸颊，嘤嘤欲泣："三郎，你不要怕，愿苍天保佑我的三郎无恙！你我回家，去告诉姨母！"

曼殊呆立无言，胸间如兔奔，静子娇不自胜，挽曼殊徐行。

拂晓，曼殊卧室。此时的曼殊决意不突破防守多年的底线，给静子留言道：

静子姐：

我将和你说永远再见了！现在我要诚实地告诉你，我是一个三戒俱足之徒，永不容与女子共居者。你待我盛情优渥，高义干云，弟非木石，怎能不知！但弟身世飘零，不能影响姐的一生快乐。弟今手持寒锡，作远头陀，尘尘刹刹，会面无日，恳望姐姐，宽我残生，除此无别的要求。弟突然离家，未能另禀阿姨阿母，请姐姐代白此心，并婉劝二老，不要悲念三郎身世，注意饮食起居，保重身体，就算怜儿。

弟　三郎顶礼

曼殊写好留言，忽闻静子唤“三郎”，仓皇将信藏于盒内。

静子：“三郎，吃早饭去吧！”忽然发现桌上的画，便问道：“三郎，这是你画的吗？”

曼殊：“是的。”

“你这几幅画画得很好，昔人说，画水能终夜有声，我看三郎的山水，果得其言不错。你的《淑女调琴图》，苍茫古逸，我十分喜爱，我看出你的笔意，你看，用皴擦法画山石树林，很有苍劲悲凉之感，气韵十分生动。尤其这座古寺，寥寥几笔，勾出了寺庙的沧桑……真是蜻蜓点水一样，点到为止，并不刻意铺陈，所以清新含蓄，回味无穷，而这正是宋元明时期一些画家的作画特点。中国画讲究一个藏字，藏锋、藏意、藏拙，章法之严，与书法是相同的，此画不知三郎能否见赐？”

“好好，只是画中人外观奕奕动人，但不能开口说话，观者难以谂其心事，中藏如何，是无法上色的。姐姐精通绘事，就做我的老师吧，不吝教诲！”

“三郎如此说，倒叫我无地自容了！只望三郎将此画见赐，作为临本，兼作永久纪念，此画中意境，与小妹身世相仿，再说，也表现出三郎的性情啊。”

曼殊提笔，略略思索，在画的左方落笔题写：“三郎久不作画，已江郎才尽，姐姐才识过人，令三郎汗颜！敬乞吾畏友哂存，聊申弟倾服之诚，非敢言画也。”

静子铺平画幅，提笔作答：“敬谢三郎。三郎毋庸以畏友外我。今得此画，朝夕对之，不敢忘赐画人也。”

曼殊：“今天我打算去拜见白泷不动尊神，趁雪未消前往。静子姐不要挂念。”

静子愕然：“三郎脸色这样难看，是不是感冒了？”

静子摸摸三郎额头，又抓了抓他的手：“果然发烧！三郎今天不能去，我去禀告阿母。”

“不要紧的，我只是有些闷，到外面吸些新鲜空气，一两个小时就回来了。”

静子：“让我陪你去吧。”

“我一人去吧，不会有事，静子姐尽管放心！”

静子含泪：“赴汤蹈火在所不惜，何况区区一行！三郎不要老是避着我吧！”

二人踏雪前行。静子数度以手摸曼殊额头。

积雪照人，静子容貌更加美丽动人。

海潮初退，沙滩清净。

静子低头看着潮水奔涌，若有所思。

苏曼殊见静子伤心地流着泪，一股无形的巨大的力量，促使他一把将她搂住，让她紧靠着自己，歇息会儿。

静子不语，看着海面上波光，忽然抚摸苏曼殊瘦弱的肩：“三郎，你在想什么？”

苏曼殊：“我没想什么。”

静子：“前几天我见到你的一封英吉利的来信，字迹娟秀，是不是……你能不能告诉我？”

“那是雪鸿写来的，他的父亲是我的老师。静子姐有所不知，我这个人是没有什么恋恋于怀的，吃尽人间辛苦，我已决意隔离尘世……静子姐见谅。”

“那母亲的心意如何能违抗？你即使出家，在日本，空门中人也是可以娶妻的。”

看着静子眼中伤感的泪水，苏曼殊犹豫刚才说的话实在太不适宜：“是啊！我刚才不过是句玩笑话，你别当真。老人之命，我岂敢违抗？再说，静子姐爱我至深，我心里清楚……”

静子将头靠在苏曼殊的肩上：“三郎，我知道你想说什么，现在我们不必避讳谈论死亡，死亡是我们共同的归宿，没人能摆脱。既然如此，活着的时间有限，还是不要让别人的意志左右自己的主张。我理解你勇敢去追随自己的心灵和直觉，相信自己的心灵，其他一切都是不重要的。”

苏曼殊感到震撼，静子的话，像一束光，穿透他的心。

静子：“静子也喜欢研究佛理，也曾涉猎梵章。佛教虽斥声论，但是楞伽、瑜伽所说五法，与波弥尼派相近。楞严后出，依于耳根圆通有声论兼容之语，可见佛教也取声论，只不过形式不同而已。”

“善哉！静子姐果然超凡入圣！”

海潮阵阵。静子含着泪，靠得更紧，呼吸急促，欲申爱意。

苏曼殊：“起风了，走吧。”

次日，苏曼殊卧室。

门口忽然站着冯自由，咧开嘴笑。

苏曼殊惊喜：“冯兄！”

冯自由笑笑，跟曼殊耳语：“青年会决定派一部分同学回中国参加‘反满拒俄’，你去不去？”

苏曼殊眼睛一亮：“去！去！我去！冯兄帮忙给我报个名，我一定要去！冯兄，冯兄！你去吗？”

冯自由沉吟了一会：“我是已经报了名，本来想给你报名，但是曼殊大师！只怕你这个身份不合格，你是个出家之人，不能去打打杀杀。阿弥陀佛！”冯自由说罢，合十低头。

苏曼殊嘘声：“不要叫我的法号，就叫子谷，我已经还俗了，我不是出家人了。”

冯自由低声：“好好。我去试试，万一不准许你去，可别怪我。哎，你怎么住在这儿？”

“是的。此乃家母居所，我只是暂住些日子。”

“难道子谷兄的母亲是日本人吗？”

“嗯，冯兄不必多问，说来就话长了。快进屋说话。”

“子谷兄如果愿意在日本求学，我建议你到我们学习的大同学校去读，我们可以天天在一起。我们还成立了留学生拒俄义勇会，是革命团体，我们可以一起干！如果能回国，我们就是战友。”

“好哇！我一定参加。现在中国简直是干柴烈火，只要大家齐心起来革命，中国一定会点燃一场熊熊大火，发生翻天覆地的变化！孙逸仙先生的同盟会，已经发展成几十万人了。刘三也在同盟会呢！”

“太好了！在日本这个岛国，也聚集了很多热血青年，你知道的黄克强、章太炎、秋瑾、邹容、蔡锷、陈少白……他们和我们并肩战斗呢！真是令人鼓舞！”

“冯兄，走，咱们上学校去看看！”二人兴高采烈，心里的热潮飞腾着，跳跃着。

街头。

青年会成员站立高坛，发表推翻清政府的演说，边说边翻译，慷慨激昂，听众很多。

学生挥拳高呼：民主革命万岁。

群众争相传阅《法兰西大革命》《中国民族志》《论中国的前途》……

“中国同胞们，兄弟姐妹们：中国沦为满洲人之手，紊乱无纲，灾难深重！俄国人又占领东三省，……国家兴亡，匹夫有责，同胞们，快起来抗争！危急的时候到了！国家危亡，民族危亡！快行动起来！”

口号：回国去！报效祖国的时刻到了！

苏曼殊激动不已，登上高坛，向群众挥撒传单。

冯自由把苏曼殊叫到身边，悄声说：“我已经给你报名了，青年会决定同意考虑你回中国，你怎样打算？”

“太好了，冯兄你太好了！我要回国参加革命啦！”

“小声点。你不是和她……”

“我一个释门中人，如何使得！”

“你不是说你已经还俗了吗？”

“我是怕学校和青年会不收留我，所以谎说已经还俗，其实我还要吃头陀戒呢！我怎么能结婚呢？再说我不是日本人，在日本出家还可以结婚，我是中国人，剃度就要背尘合真，一心禅修。”

“你呀，我被你蒙了啊！再说，你母亲怎么会让你走呢？”

“我自有安排。”

二人耳语。苏曼殊如此这般一说，冯自由连连点头。

苏曼殊身着袈裟，背负行李包，踏着夜色，与在外等候的冯自由会合，从山路离家出走。

山头上，苏曼殊回首，山下点点灯火，远处传来晚钟鸣响。苏曼殊眼含热泪，合十作别。念道：

流萤明灭夜悠悠，素女婵娟不耐秋。
相逢莫问人间事，故国伤心只泪流。
……
禅心一任蛾眉妒，佛说原来怨是亲。
雨笠烟蓑归去也，与人无爱亦无嗔。
雷声滚滚。

冯自由：“快走吧！”不一会儿，大雨如注。

曼殊出走，房门关闭。静子给苏曼殊送衣：“三郎，天气凉了，你的病刚好，多穿点衣服，免得着凉。”敲门。“三郎！”

静子狐疑，推门进入。室内空无一人。

静子不知苏曼殊去了哪里，从屋里喊到屋外：“三郎！你在哪里？”

山间回响“三郎”的喊声。

雷雨大作。

静子复又回到屋里，浑身湿透，见桌上留有一堆吃剩的糖果，雪茄头已经熄灭，抽屉关好。

静子忽然发现盒子里的信件，在灯下仔细读着。

静子泪如泉涌，呜咽之声惊动母亲。

母亲进屋：“静子！静子！”

母亲扶起瘫倒在地的静子，慌张不已。

邻居赶来，护送到医院。

苏曼殊辗转从日本回到中国已一年。

苏曼殊居室

苏曼殊从日本回来时满头黑发已经剃个精光，身着袈裟，脚蹬芒鞋，云游刚回。陈少白进屋："子谷兄！你怎么这副模样？"

苏曼殊被吓了一跳，见是陈少白："哈哈！原来是陈总编辑！我正要去拜望你呢！唉，闲云野鹤，到广东几个佛寺参拜，跑了好几天。还到雷峰寺落发受戒，这次剃度，受曹洞衣钵。小时候出家，因为犯戒，被师父罚去赶鸦，这回——嗨，我告诉你，这次回广东，到处都是党，什么维新党、东学党、保皇党、短发党……名目新奇。而清王朝到处抓人、杀人，搞得鸡犬不宁，只怕是很难维持下去了。东厂的特务也到处都是，听说把谭嗣同他们都杀了，康有为跑到日本去了。谭嗣同的诗，你还记得吧：

鳞鳞日照鸳鸯瓦，姑射仙人住其下。
素手闲调雁柱筝，花雨空向湘弦洒。
……
六幅潇湘曳画缯，珠帘垂地暗香凝。
春风不动秋千索，独上红楼第一层。

这样好的诗，真是难得呀！竟把他杀了！可惜！可惜！……"

"谭嗣同只是七君子之一啊！其实，我是赞同戊戌变法的，变法失败后，是我和孙逸仙先生把康有为接到日本，劝他一起革命……"

"怎么样？"

"他不肯，口口声声要匡扶清室，说生是大清人，死是大清鬼！我们曾对他抱有希望，看来是太幼稚了。"

"那就杀了他！"

"不可不可……"

“我家乡广东的同盟会员商议要找个机会杀掉康有为！我这次回来，一是要向你辞行，我准备去上海，我的这些书，想到上海找人出版，仲甫兄，还有章士钊、柳亚子都在上海……”

“你留在中国日报社和我们一起干下去不好吗？书稿在香港也可以出版啊！”

“小弟去意已定，望兄体谅。弟还有一事相求。”

“你说。”

“借一样东西。”

“只要我有的，你尽管说。”

“枪。”

陈少白大吃一惊：“这怎么可以？你，你不会用……”

“我知道你是剑胆琴心，你不是有一支手枪吗，借给我带在身边，推翻帝制，杀掉康有为，有它就有用。我不会用，他们会用，我可以给他们用。我在日本早已加入革命党，是中国留学生拒俄义勇队队员！”

“他们是谁？”

“同盟会，刘三。”

“刘三？侠义之士！好样的！不过，现在这个时候，单枪匹马舞枪弄刀的，是很危险的啊。再说，康有为虽然顽固，但他对日本人的利诱，也是不理会的，这一点，倒可以看出他的骨气。听说日本人欲将他除之而后快，有一个日本特务组织，已经接到指令，潜入中国，暗杀康有为和革命志士。清政府的东厂特务也在追杀康有为，我们将他护送至日本保护起来，原是想联合抗清，但他不肯，但他的变法，总归算是进步的。子谷兄千万别糊涂！”

苏曼殊转念：“那好吧，那就不勉强，我也只是偶尔想到。”

“这点钱你带着，路上用吧，你执意要走，弟也不好强留，后会有期。”

苏曼殊合十致谢。

上海。国民日报社。

陈独秀举杯：“今天我们高兴地在这里聚会，来，大家举杯，为子谷兄回国，干！子谷兄来到上海后，到本报担任编译，忠于职守，一丝不苟，口碑极佳。子谷兄学识渊博，通晓法文、英文、日文、梵文，译有《梵文典》、大仲马之《茶花女》，还有拜伦诗集、雨果的《悲惨世界》……有目共睹，我就不一一列举啦。我要说的是，子谷兄是一个绝顶聪明的人，真是所谓天才呀！他的诗也写得好。刚开始写诗的时候，他对诗还比较生疏，在格律上向章太炎请教，章太炎对他，我直率说，并不是诲人不倦，常常要他自己去找诗读。而子谷兄读来读去，竟然掌握诗的三昧，真是了不得！我看他的诗，除了个别韵律，大部分都是绝妙好诗！亚子兄也有相当的赞誉！是吧?”

柳亚子：“是的是的。子谷兄的成就，就在于自创新宗，不依傍他人门户，无世俗尘土气，所谓‘却扇一顾，倾城无色’。”

“过奖！过奖!”

“来，干!”

酒过三巡，章士钊提议：“子谷兄，久闻兄诗书画三绝，今天是群贤毕至，少长咸集，你何不作画一幅，让我们大饱眼福啊?”

众：“对对对！笔墨伺候!”

音乐声中，苏曼殊点燃一支雪茄，挽起衣袖，泼墨作画。

画毕，题诗一首：

海天空阔九皋深，飞下松阴听鼓琴。

明日飘然又何处，白云与尔共无心。

苏曼殊放下画笔，吸了一口雪茄。

众人鼓掌。

陈独秀拊掌：“好画！好诗！亚子兄，你看如何？”

柳亚子：“仲甫兄所言极是！的确是绝美诗画！‘明日飘然又何处，白云与尔共无心。’好诗啊好诗！好一个闲云野鹤，无所羁绊。子谷兄，你这是自我写照啊！《人间词话》说，‘其言情也必沁人心脾；其写景也必豁人耳目；其辞脱口而出，无矫揉妆束之态’，此之谓也。”

陈独秀：“是的，子谷兄昨天跟我谈起，他回日本看到了母亲，他的母亲河合氏大人还在横滨。这次东渡，收获不小，所以我很为子谷兄高兴，来，干！”

苏曼殊：“谢谢仲甫兄和各位厚意！仲甫兄，我还要向你和各位求教，把诗写得更好些。”

陈独秀：“子谷兄不必客气，你的诗已经写得很不错了，亚子兄不是说了吗，你能自创新宗，我们都是很钦佩的。你写给我的诗里有这么两句：无端狂笑无端哭，纵有欢肠已似冰。我觉得，子谷兄还是要多多珍惜自己的身体，既然是做人，就不能老是那么苦恼，不能以泪洗面地生活下去。我也有过去，也有感伤，也不想将这些对别人说，也包括你。但是我后来觉得，我不能老伤感下去，在这个世界上，我们要干的事多着呢！人的一生，会遇到许许多多的伤心事，有些人生来灵性太强，不愿意接受命运的安排，于是对这个世界，就觉得不完美，全是悲剧。但总得找到出路啊，于是人与人就有了不同的抉择。有的人从茧壳儿里突破一点，飞了出去，认定一种宗旨，坚定地去做，生活也就有了意义。有的人可不一样，尽管在那里努力、使劲，就是突破不了，一天不能突破，就受罪一天，活在虚无和无边无际的幻想中，直到把自己缠绵死。——当然，到头来结局都一样，都会死去，什么也带不走，从这一点上看，好像又没有什么区别。不过，我还是倾向前者，现实一点，活，就要像样地活着。我看到了你写的讨袁宣言，写得很好啊，这是很好的开端。当然，委曲求全最不可取，去当御用文人，买办文人，正是你所说的：鸡笼有食汤刀近，野鹤无粮天地宽。今之名士，就是要活得有骨气！"

苏曼殊听着，浑身微微颤动，就像在南洋听悉磨长老开示禅理一样，如醍醐灌顶，直点穴仓。

陈独秀："你加入亚子兄的南社，我也很高兴，南社是宣传排满的革命文学团体，成员大部分是爱国的革命诗人、作家、学者。亚子兄是诗坛宿将、南社旗手，你的生活，你的诗，必得其益。今后，你的《茶花女》《梵文典》后几部要抓紧翻译。"

夜上海的路上。秋风瑟瑟。

苏曼殊："仲甫兄，你的话对我很有启发，我会记在心里的。但我这一生，只怕是命定了，改变不了了。"

"你这样做，恐怕不是情愿的吧？"

"是啊，我是不情愿，但是我又只能这样。"

"好吧，子谷兄，你的事你自己做主，我不拦阻你，我对你只有一个要求，要好好保重自己，不管遇到什么情况，记住，好好保重。"

柳亚子："文人都有浪漫的习气，但不能无所羁绊，放浪形骸，子谷兄一定要注意，尤其生活上，以健康为重，不要作践自己。"

苏曼殊感伤地取出一张纸笺给陈独秀："仲甫兄，这是我上次东渡前夜写的，一直没有机会给你，请你指教。"

陈独秀接过来：

临行别仲兄

江城如画一倾杯，乍合仍离倍可哀。

此去孤舟明月夜，排云谁与望楼台。

苏曼殊：“小弟叨扰日久，多蒙教诲，得益匪浅。过几天我想去南洋拜望几位长老，十天半月即回。”

柳亚子：“从香港来上海才两年，你又要去云游？”

“小弟也说不出个理由，无端无缘，无可无不可，二兄作此诠释，庶几近可。告辞了，阿弥陀佛！”

柳亚子记得，在熙熙攘攘的街市，苏曼殊走进一家成衣店，取了一件蓝布袈裟，掉头欢喜而去。

苏曼殊走在半路上，将袈裟抖开，披在身上，一路哈哈傻笑着，零钱洒落地上浑然不知，也不回头，径直前行。

路人皆诧异，指着这个和尚，议论纷纷。

……

柳亚子：“仲甫兄，天黑了，回去吧！”

陈独秀从浮想中醒来：“是啊，天黑了。他这一去，不定何时回来，身上只有三十几块钱，够什么用？”

章士钊赶来：“子谷兄走了？”

“走了。他过几天要去南洋云游，十天半月即回。行严兄，他走后的工作暂时请你代劳一下。我觉得，让他到各地看看也好，外面的形势对他情绪的解脱也许十分有益。”

西风瑟瑟，陈独秀长衫飘拂，几片黄叶飞旋飘落，落在陈独秀的肩上。

章士钊低声："仲甫兄，听说皇上驾崩了！西太后也死啦！康有为从日本回来，可能会被抓捕，还有日本特务盯得很紧，形势危在旦夕。"

"那孙逸仙先生呢?"

"已回广东组织同盟会起事。"

陈独秀沉思。

悦来旅馆楼上。

一盏油灯，闪烁着，照亮周围坐着的同盟会成员黑红的脸庞。

刘三，高挑的个子，留着胡子："皇帝和西太后都死啦，袁世凯的日子也长不了，军阀混战，根据所掌握的情况，州长白维与城防司令陈传明乘机与日本人龟弘毅郎勾结，大肆盗窃偷运嘉应府文物，充当日本对我国文化侵略的走狗。这个龟弘后面有个武田，武田是日本国的御用文人，是日本文化特务。他的使命是隐藏在日本侨民中间，伺机刺杀康有为，将各种文物洗劫一空。同盟会指示我们，文物一样也不能落入他人手中。"

"你说该怎么办吧？我们听你的!"

刘三："孙中山先生在广州特地指示，广梅汕三地要把住关口，不能让文物国宝被敌人从陆上、水上偷运出去，将这伙内外勾结的势力一网打尽，这也是北伐的重要战略行动！他还说，严复先生说得好，中国人要有自己的文化本性，失去本性，就好比鱼儿失去水，好比人失去双脚，走路只能靠拐杖，失去精神气概，靠鸦片支撑，……失去文化本性的民族，是很难生存下去的，这样，我们四五千年代代相传之文化传统、伦理道德将难免一坠!"

与会者群情激奋。

“现在，这样安排……”

夜晚，一围屋客堂里，已经坐满了人。

陈少白身穿长衫，陪同孙中山走进客堂：“大家安静，现在开始开会。我姓陈，叫陈少白，大家叫我陈先生好了。这一位先生姓孙，孙逸仙先生。我们就请他讲话！”

掌声雷动。群情激动。

孙中山，瘦但双眼炯炯有神，说话风趣：“诸位，我叫孙文，赵钱孙李的孙，斯文的文。我来你们这个县，一路上兵荒马乱，想给朋友买点儿酒，称几斤猪头肉，带点客家酿豆腐，可是店铺都关门，寻思到了当地再说，没想到刚一进街口，就被他逮住。”

陈先生：“我可不是保皇党！你不用害怕。”

“你真要是保皇党，你就逮不着我了，哈哈……”

哄堂大笑。

孙中山：“我没准备演讲，我很想听听大家的意见，这样好不好呢，我们随便说说，大家都来发言，一个一个说……”说罢，掏出笔记本，认真作记录。

“我说吧……”众人热烈举手要求发言。

会议室里讨论正在热烈进行。

刘三好奇地、兴奋地打量着讲台上的孙中山。

孙中山也注意到刘三。

孙中山笑道：“小伙子你叫什么名字？”

“刘三。”

“你有个写诗的好友苏曼殊？”

“哎，你怎么知道？”

“我的名字里不是有个仙字吗？”

“你是神仙？”

“哈哈，我逗你的啦！我其实早就听说你们啦！苏曼殊我也认识的，这个和尚，字子谷，号三郎，诗写得好啊！‘契阔死生君莫问，行云流水一孤僧。无端狂笑无端哭，纵有欢肠已似冰。’诗写得好，不过过于伤感了些。他还通晓英文、日文、法文、梵文，不简单啊！听说你对他经济上支持不少，他没钱买糖吃，就向你要，你也够朋友呢！”

“哪里哪里，应该的。”

“好，你说说看，我有个什么外号？”

“你嘛——”刘三狡黠地笑道：“你是对抗清廷的四大寇首之一！”

孙中山愕然，怒睁双眼：“好小子！你也这么说我！……”

“不过，你很有本事，能腾云驾雾！清兵老抓不着你！”

孙中山一惊：“啊？你从哪儿知道的？”刘三幽默地说：“天机不可泄露！”

满座皆笑。

孙中山：“听说前天是你在大街上给了州官一个下马威，让他把抓的学生都放了，还叫他打赤脚下田？”

“是的。”

“好样的！”孙中山拍拍刘三的肩，“你喜欢读书”？

“是的。”

“喜欢哪部小说？”

“《三国演义》。”

“《三国演义》中你喜欢哪个人物？”

“诸葛亮。”

“好！你年纪轻轻知道喜欢诸葛亮，这就是明白古今顺逆之理。”指指自己，又指指陈少白，“我们这些革命者推翻满朝皇帝，就好比诸葛亮六出祁山，恢复汉室。”

孙中山注视刘三，走到他的跟前：“我将来派你出国，到德国去参加国际青年会议，你愿意去吗?”

“愿意。可我不懂外国话。”

正说到这里，一同盟会成员入报，向孙中山耳语：“康有为回来了。”

孙中山惊喜：“啊！好。”

“关于合作的事，他说身奉大清衣带，还是要起兵勤王，匡扶清室，决不与革命党妥协。”

孙中山：“哦?”

陈少白：“看来他还在做梦。我在日本见过他，他也是这个态度，石头煲汤，不进油盐。”

孙中山：“康南海的固执是出了名的!”

街头人声嘈杂，一声枪响。

靠近窗户的学生发现围楼已被清兵包围。

陈少白喊一声“撤!”

刘三一个箭步，一把搂住孙中山，往通后山方向的走廊逃跑。

众人交换了一下眼色：散会。

一月后，苏曼殊从南洋回到广州。

苏曼殊面容憔悴，披着袈裟，一边赶译《梵文典》《茶花女》一边吃着酥糖，抽着雪茄……桌面上，手稿狼藉，迭出：《悲惨世界》《拜伦诗选》《雪莱诗选》等。

苏曼殊急促地喘着气，步履蹒跚，走到医院门口，摸了摸口袋，迟疑了一下，没有进去，打算转身回去。口里喃喃念着：“仲甫兄……亚子兄……刘三……”倒地。

苏曼殊躺在医院病房。

医生："这个病人好像是个出家人，体内营养极度缺乏，还有肠道感染，必须留院观察。"

护士："一时联系不上他的亲友，也不知是哪座寺庙的和尚。"

医生："先治病再说吧，等他醒来，再问也不迟。"

武田在读《朝日新闻》：

光绪死后没多久，1908年11月16日下午2时，清朝政府诏告全国和各国驻华使领馆，宣告皇太后慈禧逝世，流传了三千年的传统丧葬仪式，终结了这个女人的强权政治。

光绪临终时，虽然在他的身边围绕着一群身份低下的守护者，实际上是做做样子，因为这些看护者不能接近光绪，与光绪保持着一定的距离。所以他是很孤单地、未被人注意地死去的。

清廷公布说，皇太后在上周五最后接见庆亲王时，神志时而清醒时而昏迷。她同意朝廷宣布溥仪殿下为皇储以及醇亲王为帝国摄政。

外国使馆门口布置了清兵，清廷命令：一旦有事变发生，这些清兵悉由使馆指挥。

康有为也结束十多年的流亡生活，从日本返回山东老家。

悦来旅馆。

几个日本人听武田训话。

武田："中国的宝贝太多了，不细心研究，就弄不到好东西。中国有句古话：有眼不识金镶玉。要完成笔部队计划，首先要懂行，不能瞎撞，这就叫'不入虎穴，焉得虎子！'除了玉器，还要懂得吟诗作赋、古籍校读、矿石标本，交朋结友，尤其是那些中国文人、教师，甚至和尚……你们要知道，这个文化事业，可不是一种个人行为，收集‘支那’所有文物、宗教宝典，网罗‘支那’学者名人，与大日本协力合作，是大日本帝国的战略部署。当前世界万国，最容易为我大日本帝国攻取之地，就是‘支那’国的满洲。而满洲为皇国所有，已无疑问。满洲一得，‘支那’全国之衰微必由此开始。所以，图得鞑靼（蒙古）之后，就可以向南而取朝鲜、‘支那’……所以说是一个政府行为，大日本皇国的政府行为！大日本开发他帮，必由吞并‘支那’开始，要知道，光靠枪炮是吞并不了‘支那’的！文化事业不成功，最后还会得而复失！”

龟弘等人：“是！不过，刚刚得到消息，州长把矿脉图卖给我们的事，已经被两广总督察觉，州长说不准会被……”说着，做了一个杀头的手势。

“我们不能再和他联系，记住，就当什么事也没发生！”

“是！”

“那个苏曼殊和尚从南洋回来，带来重要宝典，大觉寺里藏经殿的位置，你清楚吗？”

“不知道。”

“你就是一问三不知，你怎么做好文化工作？你以为端着枪就可以征服一个民族吗？荒唐！——康有为回来了，进展如何？”

“以前太后主政时，东厂也在捕杀他，太后一死，康有为反倒平安无事了。不过他出入皇宫，拜会溥仪，都不是寻常之地，保镖很多，守护甚严，难以下手啊。”

“真是一群废物！”

又半年后，山东青岛。戏院。时闻京剧锣鼓声。

台上唱着：“风萧萧兮易水寒，壮士一去兮不复还……”

康有为在严复等人陪同下看戏。

严复："黄遵宪大人、翁同龢大人都已经作古了，他们也是喜欢看戏的。"

康有为："是啊，物是人非，人生如寄呀！"

严复："大清的气数，只怕也是日薄西山……"

"大清的衰微，是不可避免的，朝代更替，历来如此。中国还在，山河还在，不过，戏也不会就这么收场啊，呵呵！"

一官员："南海公此言极是！"

严复："康大人去日本很多年，很辛苦吧？"

康有为："坐小客轮漂洋过海，还是头一遭，不过也挺担心，若是遇上大风浪，就没命啦！"康有为说到这儿，嘿嘿笑了起来，说："多亏宫崎先生相助，哦哦，他说是奉孙中山的指示，我非常感谢孙先生仗义相助！"

严复："听说孙文成立同盟会，搞起了三民主义、国民革命，如火如荼啊！"

康有为微微颔首，喃喃地说："几道兄，余还想在垂暮之年，办个杂志，你看如何呀？"

严复："好，弟第一个支持！为创刊号写稿。"

"几道兄，我还是那句话，大清有恩于我，一日奉清帝衣带，便一日不与革命党往来。"

京剧锣鼓声又起。

屏风后面，闪过日本刺客的身影，倏忽消失，引起护卫的警觉。

广东某城乡下。

街头，"张先生代写书信"摊位。

刘三凑近张先生，低声：“来你家没有？”

“来啦来啦，昨天来的，还拿了我两本书走了，这个狗特务！”

“你要多加小心。”

“我知道。”

刘三匆匆离去。

两个日本便衣凑近：“先生好！”

张先生敲敲旱烟管：“要写往哪里？南洋？”

“是……随便看看……”

“代写书信有什么好看的？”

“想学写毛笔字……”

“好哇！写小楷，当以从《张玄墓志》《董美人墓志铭》开始，继而文徵明小楷，都是千古不磨的法帖。明清以后就没有书法家了，清书多俗，不要学……你看，小楷要这样写才好看。”

其中一位日本便衣：“老先生博学，我很景仰！”

“敝姓张，乡野村夫，什么景仰不景仰！以前是东山学校的国文老师，教了一辈子书，学生造反，仆已失业，不得已到这儿设摊儿，赚碗稀饭钱。仆忙于家计，久不作诗，还望各位海涵。”

老先生吸着烟，带着近视眼镜，慢条斯理，贴近日本便衣的脸，打量有顷，说：“唐人诗云，‘今人结交须黄金，黄金不多交不深’，试问贤士手中，安得阿堵物耶？或者说，书中自有黄金屋，书中自有颜如玉，富贵发达，唯读书一途耳。读书无成，才流为贫贱，向人家讨口饭吃……我看你将来还是要做官的。”

“那就托您的吉言。”

张先生：“不是做狗腿子！”

日本便衣一怔。

日本便衣皮笑肉不笑："张先生诗书满腹，想必读了不少的书吧！"

张先生："清政府开国的时候，祖上是做官的，还算过得去，以后中道衰落，以教书为生，就家徒四壁了，有几本古籍，祖传的，倒是常常翻看。唉，无非一堆旧纸，饥不可食，寒不可衣，用来烧火煮饭，也煮不熟啊。……"

"哦？"

张先生暗示刘三可以对这二人下手了。

刘三等人化装成买卖人，在街头设摊。

刘三凑近便衣："前面不远，有几个同盟会在开会呢！他们手里有很多文物，还有那什么……宝贝字典。"

便衣："在哪里？"

"你们跟我来。不过，要给我钱！"

"钱，有。"

引到墙角拐弯处，刘三其他弟兄一拥而上，一把抓住便衣，按倒在地。明晃晃的钢刀压住他们的脖子。

刘三一把将其中一位便衣的外衣撕开，露出和服，腰间还插着一把锋利的匕首，臂上文身为日本太阳旗。一张命令写着："命令：刺杀刘三、和尚。"

"走！"

他将便衣五花大绑，堵住嘴，装进麻袋，扛在肩上，快步出街。

暮色中，众好汉站立风中。脚下是悬崖，可闻清江湍急的滩声。

一个又一个麻袋被扔下山坡，复被水流冲得忽左忽右，忽浮忽沉，顺流而下，消失在滔滔的波涛之中。

刘三："我们决不能让他们得到任何东西，一张纸片也不让他们得到！”

青年拍了拍刘三的肩膀：“你要小心！和尚是谁？”

“苏曼殊。赶紧保护他！”

“好！”

龙莲寺门前，香烟缭绕，木鱼钟磬声绕梁。

一个病妇躺在地上，用花被子捂着。一旁是病妇的丈夫和女儿；丈夫敲锣，女儿脸面朝天，躺在地上，用双脚顶缸，父女一边表演，一边叙述一家境遇，以求施舍钱财。

人群开始骚动，有的人同情地摇摇头、离开；有的人掏钱施舍。

苏曼殊身着医院病服，从挎着的布包里掏出一点银钱，放入杂耍人手中的锣盘里。

杂耍人跪地致谢。

人群中冲出几个壮汉，架着苏曼殊，快速离开闹市。

苏曼殊有气无力：“轻点轻点，我疼啊，你们要干什么？”

一行人在街尾僻静处停下，刘三走出，对苏曼殊说：“是我要他们带你来的，不然你就没命了！”曼殊惊愕。

“日本人安排特务在找你和我，下了暗杀的命令。”

苏曼殊伤感的眼神：“这是怎么回事啊？我一个出家人！阿弥陀佛！”

“你赶紧走，走得越远越好，还有，你那本宝典藏好了没有？日本人打的就是宝典的主意！”

“我走，我就去，日本人要宝典，那是做梦！”

入夜。苏曼殊抱病步入龙莲寺，方丈室窗口透出昏黄的灯光，有微弱的诵经声传来。

苏曼殊进入殿中。壁上有诗，是用毛笔书写，笔力苍劲：“十郡名贤请自思，座中若个是男儿？……故陵麦饭谁浇取，赢得空堂满酒卮。 淡归 贻吴梅村。”

苏曼殊循诵经声前行，忽然急促地咳嗽起来。淡岸老僧停止诵经，起立：“阿弥陀佛！道兄夜晚至此，有何见教？如此装束，想是医院住客，是否偶感风寒，咳嗽气喘，气色不佳，宜即疗治。”

“师父，打扰了！小衲有一事求教。”

“如此请进禅房用茶！”

淡岸面目清癯，深目高鼻。双眼盯住苏曼殊，似曾相识：“请问道兄法号？”

“小衲苏曼殊，字子谷，从南洋回来，挂单嘉应府大觉寺。”

“你就是苏曼殊？大师自南洋来，不远万里，法喜隆重，阿弥陀佛！”

“师父是——”

“老衲淡岸，淡归弟子。”

“失敬。”

“久闻道兄大名，缘悭一面。远在南洋的悉空长老曾来信说，道兄曾去南洋弘法，近期会来本寺……”

苏曼殊勉力起身，与淡岸边走边谈。

龙莲寺藏经楼。楼分上下两层，楼下有僧人阅经，端坐如塑，静寂如空。

淡岸：“道兄精通梵文，很是了得！梵文八转十罗，瑰丽微妙，被人称为天书。老衲很早就发愿学习梵文。”

“文辞简丽相俱者，莫若梵文，大师精通梵文，能够为沟通汉梵文字做些工作，实在是功德无量啊！”

淡岸长老："各位道席！苏曼殊大师自南洋来，不远万里，与大家见面，真是难得的机会啊！"

众僧："阿弥陀佛！"

高僧："请大师对本寺众僧，多多点化，功德无量！"

苏曼殊："阿弥陀佛！洪武元年，朱元璋禁教，立喜世院以统僧众。洪武二十七年，又命僧人集中入寺院，加强管制，对佛教的发展有一些影响。明以后，对佛教的因果报应之说，进行了一些革除，但是对佛教教义本身并没有多大影响。盛衰变化，事之常理，佛教也不例外，本无足怪。我认为佛经主旨，古今所通，东西无异，至于参拜方式，弘法礼仪，虽有推移变化，反而使佛理广被普及，正所谓以不变应万变，衰所以盛，灭所以兴也！令人不能忽视的是，以一国之强力，对他国的文化虎视眈眈，心存不轨，以掠夺收买为能事，使他国的佛教发展受到摧残，这才是不可等闲视之的。"

众僧拜伏于地，心悦诚服。

二人回到方丈室。

苏曼殊关上门，神情严肃。

"是的，悉磨长老有一宝典，嘱贫僧护持回归龙莲寺供奉。"苏曼殊从包中取出两个函子，对淡岸说："这里有两函梵文经典，是明代高僧淡归亲笔书写的，因战乱流传海外，被南洋悉磨长老收藏，嘱我带回中国，加倍护持，妥善供奉，使不落入敌寇之手。贫僧交给长老吧！也算回到淡归当年驻锡之所。切不可为外人道，否则——"

"贫僧明白。你在讲坛上所讲的话，我都听出来了，你是指日本人正在掠夺中土文化，特别是佛教文化。这个宝典，绝不可落入日本人之手。"

苏曼殊颔首。

苏曼殊伏地对宝典行大礼参拜，并向淡岸长老拜谢。

风雨忽作，窗户被吹开，烟云夹着雨丝，团团涌入，令人顿生世外之感。

“小衲有事在身，不便久留，早日把贝叶心经译出，完成这一桩大事。”

雷声大作，苏曼殊咳嗽，冒雨下山。

医院里。

苏曼殊喘息，闭目诵经。

苏曼殊写信：

悉磨长老道席：自前年离别长老，又有两年，漂洋过海，已几度也。猥蒙开示，醍醐灌顶，受益匪浅。遵长老嘱托，贫僧护持梵文宝典，返回中土，已于近日前往龙莲寺，安奉于淡岸长老密室，日夜有僧众护持，不误尊愿。以光显正法，以敦伦群品，以众生离苦得乐，了脱三途。

苏曼殊　和南

刘三足下：别又数月，湖光梅影，云胡不思？……燕日来病势不佳，须赴千叶县疗治，岁末不能西归，但有惆怅耳……

弟　曼殊谨状

仲甫兄大台：革命胜利，兄日理万机，碌碌保重。弟近病体欠佳，日夕卧床，能否痊愈，不可指日。……

弟　子谷拜

龙莲寺密室外，淡岸长老派了四名武僧护驾，日夜护持宝典。

清晨，龙莲寺后山上。几个日本暗探尾随担柴的沙弥进寺。远远地，武僧监视着几个暗探的行踪。暗探拔出匕首，欲行刺武僧，夺走梵文宝典。

暗探发现躲在暗处的武僧，一拥而上，武僧徒手迎击，几个回合，逮住为首的暗探。

“光天化日，在释门行劫，受何人指使？”

暗探头领：“受，受日本笔部队行动组之命，前往大觉寺夺取梵文宝典，送往日本，但大觉寺没有找到，就跟踪至此……”

“还有什么任务？”

“没有了，我等只负责劫宝行动，这里行动如果失败，广州方面有人接应，也会劫持从南洋回来的那个和尚……山东还有行动组负责刺杀康、康大人……”

“广东是谁负责此次行动？”

“不知道。”

“说！”

“好像是……武田赳夫……他不会亲自出面，他有枪和炸弹……”

黄鸿勋府邸。

窗棂雕刻十分考究，以海棠图案为主，天井的两边栽有两棵枣树，枝叶青翠。正厅上方，挂有“钦命镇南太守”金匾，虽年岁已久，已经剥落，但字体清晰可见，款识为“至大元年”，即元武宗所赐；元武宗在位只有四年。匾的两侧，有一副对联，是黄家后人所撰：

南海真源　般若津梁环粤土

灵山大钵　三千慈慧护清溪

字体温润敦厚，说明黄家笃信佛教。

几案上立有“入粤列祖列宗神位”的牌位，牌位前香烟缭绕，蜡烛长明。客家祖堂只供祖宗牌位，不供神位，认为“神在庙，祖在堂”。

刘三一行人进屋，黄老将他们引入密室开会。

黄鸿勋在外面负责警戒。他将手里的香插入几案的香炉，跪拜祷念，以作掩护。

门外人声嘈杂，伴有犬吠。

武田闯入。

茶壶水将开，冒着丝丝热气，并伴有唧唧如虫鸣的响声。

黄鸿勋瞅着茶壶，不时侧耳听水声：“武田先生到中国不过几年吧，对中国文化研究很用功，几乎成了中国通了。这茶道……”

武田：“哪里哪里！不过我是很喜欢喝广东工夫茶。你看，喝工夫茶是一门学问，广东人叫叹茶，从选茶、辨水、选具、涤器、投茶、沏茶等，都十分讲究。”

黄鸿勋：“你尝尝。”

武田呷了一口茶：“不错，是什么茶？”

黄鸿勋：“本地铁观音。”

武田：“真是很香啊！”

黄鸿勋：“好茶还得好水，这水是丹凤山的山泉水。清江水泡茶当然很香，但还是赶不上丹凤山的泉水。再说，煎茶掌握火候也很要紧，不是烧开就行，要听水声。”

“哦？”

“你看，这壶是紫砂的，看不到水，只有靠听声音。古人有几句诗是这样说的：如虫唧唧万蝉催，是一沸，忽闻千车捆载来，是二沸，听得松风并涧水，急呼缥色绿瓷杯，这是三沸。水到三沸，恰到好处，过头则汤老，冲茶就不好喝了！”

武田：“受益匪浅，受益匪浅啊！久闻黄府书香传世，果然名不虚传。黄先生作画，也是远近有名的。”

“那都是坊间传言，不可信。——喝茶喝茶！”

“我能欣赏这些画吗？”

“请便。”

武田放下手中把玩的紫砂壶茶具，走到壁前观赏书画：“这一幅画，是宋元明时代画家的真迹。”

黄鸿勋：“啊？武田对中国的画也这么有研究？其实，你说的真迹，恰恰是仿制的赝品，不过仿制的水平很高，一点破绽也找不出来！”

“啊？这是何人的手艺？”

“就是本县黄楷先生。不过，他早几年已经去了南洋，还没有回来，他的儿子黄铁生继承其业，也很不错。”

“啊，这幅画是你的大作！妙妙！很有功底，意境也不错。”

“你过奖了。”

“哎，我想起嘉应有个淡归和尚，是很有道行的高僧，不知……”

“那是很久以前的事情了，宋代高僧，早已圆寂。怎么，难道武田先生发思古之幽情？”

“听说有一部血书梵文《楞严经》宝典……”

“哈哈！只怕早已毁于兵燹虫噬，找不到啦！”

武田无所获，悻悻然告辞后，逃离黄府。黄老即入密室，告知武田已走，刘三等人继续开会。

黄鸿勋低声：“刘三，你不是上北京当大教授去了吗？怎么……”

刘三：“黄叔，我回来办点公务，过几天就回京。”

黄鸿勋："还有，刘三，我要告诉你，你那好朋友三郎回来了，带来悉磨长老一宝典，护持回归龙莲寺供奉，他下山时遇上大雨，浑身淋湿了，得了重感冒，引发了肠胃病，住进了医院，日本人到处在寻找他，他现在的情况很不安全，你赶紧去找到他！"

刘三："啊？你是怎么知道的？在哪家医院？他身上肯定没有钱。"

"是我在广州的一个亲戚告诉我的，这个亲戚就在医院工作，好像是海珠路上。我已经嘱咐他千万保护他的安全。"

广州海珠路医院。

护士："你说的这个病人，已经不辞而别了。他的病还没好呢！"

"他没说上哪儿去了吗？"

"没有说。前几天他还跟我说，等出院了他要去杭州西湖划船，可没几天就不知上哪儿去了，病也不治，连招呼都不打！这个怪和尚！"

刘三看到，床头柜上残留的糖纸、饼干屑和雪茄烟头。

护士："他每天吃好多好多糖果，我还问他是不是血糖低，他笑笑，说这摩尔登糖是茶花女玛格丽特最喜欢吃的东西。"

杭州。

西子湖留云寺。寺内幽篁密箐，掩映着几间僧房殿堂，自然朴素。

苏曼殊在殿堂诵经。

苏曼殊病体支离，缓步到林间歇息，在一偏僻的林中，迎面走来一满脸胡须、身体健壮的汉子，朝苏曼殊上下打量，也不说话。

苏曼殊很紧张，赶紧回避。忽闻身后猛喝一声："站住！"此汉四川口音，眼里隐藏杀机："你叫什么名字？"

"你要干什么？这里是佛门净土，休得造次！"

"哼！不说我也知道，你就是苏曼殊。"

"是又怎么样？"

"刘师培是你什么人？"

"是我的朋友。"

"恐怕不光是朋友吧？"

"是不是朋友，与你何干？有话直说，不要绕弯子！"

"好，苏曼殊你听好，今后走路多留点神，当心撞上它！"汉子亮出雪亮的匕首。

汉子走入林中，身影消失。

苏曼殊惊魂不定，愕然伫立。

半夜，沙弥打开留云寺后门，探看四周，见无可疑之人，返身招呼苏曼殊。

苏曼殊化装成长髯老者，与沙弥匆匆作别，直奔车站，离开杭州。

上海火车站。

柳亚子在出站口焦急地踱来踱去，不时看看表，又看看手中的电报。

杭州开往上海的列车缓缓进站。柳亚子翘首在人群中寻找苏曼殊，旅客都出来了，还不见人影。柳亚子借着出站口的灯光，仔细看电报。一位老者瘦骨嶙峋，银须飘拂，从柳亚子背后轻轻拍拍柳亚子的肩头："这位仁兄，是在等我吧？"

柳亚子惊疑，正欲回话，忽然眼睛一亮："是你？"

曼殊扯掉胡子，二人哈哈大笑。

柳亚子：“你这是——”

曼殊心有余悸：“以后再说，以后再说，此地不便久留。”

“赶紧随我去医院！”柳亚子心急如焚。

上海，柳亚子寓所。

柳亚子：“子谷兄，来得正好，有位朋友要见你，我想你一定愿意见他。”

柳亚子朝内室喊了一声：“雷兄，曼殊大师法驾已请来，不开门见过，更待何时？”

里屋门打开，一个人走出来，身躯粗壮，一脸胡子，头戴旧毡帽。

苏曼殊惊愕不已，心想真是冤家路窄，打算拔腿就走。

雷昭性：“对不起，让大师受惊了！兄弟误会，多有冒犯，特来赔罪！”欲下跪。

柳亚子：“哎呀，下跪就免了吧！”

“大师有所不知，自大师离东京后，刘师培更加紧了秘密活动，投靠清朝，为两江总督端方搜集情报，使国内革命运动连连受挫。革命党人早有怀疑，经过查证，终于弄清了他的内奸面目。事情败露后，他见势不妙，仓皇离开日本回国，公然入了端方幕府，后来又随端方入川，镇压辛亥革命。因大师曾与他有一段过从，兄弟误以为是同类人，一时怒从心起，差点铸成大错！要不是仲甫兄和亚子兄说明，我只怕要成为革命的罪人了！……万望大师包涵！包涵！”

苏曼殊淡然一笑：“既是误会，就请雷君不必介意。”

柳亚子：“辛亥革命胜利后，你从爪哇写来的信，我昨天才收到。”

苏曼殊：“我是在爪哇中华会馆得知辛亥革命胜利的消息的，我和学生开怀畅饮，摆起了糖果点心，像过年一样！我信里不是写了吗，壮士横刀看草檄，美人挟琴请题诗，遥知亚子此时乐也！”

“哈哈！我可没有那么潇洒！说实在话，革命成功实在不易呀！不过这场革命还不能算是彻底的，但它唤醒了民众，推翻了帝制，这是最大的胜利，你们说呢？”

苏曼殊、雷昭性同声道：“说得对！”

“现在还不是美人挟琴请题诗的时候，国家大事百废待兴，一批新贵已经遍地皆是，还有一些人，一夜之间成了革命的功臣！泥沙俱下，鱼龙混杂，不足为怪也！”

家人：“吃饭了。”

柳亚子：“来来来，略备薄酒，庆贺胜利，我们边饮边谈！”

深夜，三人酩酊大醉，互相搀扶出门。

苏曼殊身体难支，几欲晕倒，忽然呕吐，出血。

柳亚子大惊：“子谷兄！子谷兄！你怎么啦？”

雷昭性：“曼殊大师！你怎么啦？来，我背你去医院！”

“不不，还是让我去、去日本千叶县治疗……你们不要管我。当今天下，分崩离析，正英雄豪杰建功立业之秋啊！……当、当年周公瑾在群英会上舞剑作歌：丈夫处世兮立功名，立功名兮慰平生，慰平生兮吾将醉，吾将醉兮发狂吟！英雄本、本色，我们就是周公瑾啊！”

柳亚子：“我就去买去日本的船票。”

“发个电报给、给刘师培，不不，不给他发，给陈震发，他是我在千叶的一位同窗，要他到到到船码头接我……送医院……”

龙莲寺。寺外进来一“香客”。

武田："阿弥陀佛！请问小师父，何处可以找到方便之所？"

沙弥："施主请往前走，再往右拐，便是。"

沙弥说完便走。

武田："小师父，听说有个华侨团来此进香，他们……"

"小衲不知。"

华侨团团长黄楷等人走出大殿，武田正欲上前拜会，忽然一惊，转身就走，但已经被黄楷看见。

黄楷道："武田先生！"

武田停了一下，拔腿就跑。

张先生等人惊愕："他是武田？他没死？"

黄楷："他是武田，东京早稻田大学教授，是个布衣学者，实际上是御用文人，他给日本政府掠夺中国和亚洲各国的文化资源，出了不少坏点子，他也是日本笔部队的得力干将之一。我在新加坡跟他交过手。他这次来中国，还有一个任务是刺杀康有为，因为光绪和西太后死后，康有为始终不同意溥仪跟着日本人走，曾一度与溥仪一起和日本人对着干，所以日本政府对康有为怀恨在心，要置他于死地。"

张先生："这个坏种！不久前，我们将他打昏，装入麻袋，扔进河里，没想到这小子命大，又逃过一劫！"

淡岸："如此说来。上次前来劫宝典的日本浪人，就是他在幕后指挥！孽障也！"

众人欲追。

武僧："不要追，他跑不了！"武僧抛出长绳，再一拉拽，将武田缚住。

武田服毒自杀。

武田卧室。

黄楷拿起桌上武田写的遗书：

“实在遗憾得很，文化工作确实不容易搞，我只得怀着寂寞和恐惧感走了。中国的知识分子和许多的老百姓，不为威逼利诱所屈服，宁为玉碎，不为瓦全，令人惊惧。总体上看，中国的文化人，是革命的指导力量，是最积极和最坚决的革命阵营，要在他们身上做什么思想工作、文化工作，效果和结果都可想而知。‘笔部队’行动计划应该宣布失败。”

黄楷：“他是无地自容，决心自裁，——咎由自取啊！”

在翻看武田掠夺来的古籍时，黄鸿勋发现几本稀世珍本《脂砚斋评石头记》《四书集注》刻本等。

黄楷接过来，看了看，笑道：“都是高仿本，几可乱真！武田这样的所谓中国通，怎么看得出真假来！”

张先生：“这些书都是我的，专用来哄日本人的！”

黄楷：“那梵文宝典要好好保护啊！孙先生一再嘱咐我，决不能让日本人将宝典劫走！”

张先生：“放心吧！三郎早就安排好了！”

柳亚子住所。

家人：“先生，您的信，都是从日本写来的。”

柳亚子读信：

亚兄：……至西京，病复发。自分有愁无命之人，又安能逆料此后与吾亚子兄重有握手之欢否耶？河山信美，只增惆怅耳！

曼殊谨状

柳亚子脸色凝重。

亚兄足下：……病骨支离，异域飘寄，旧游如梦，能不悲哉！……贱恙仍日卧呻吟，不能起立，日泻五、六次，每日服药三剂，牛乳少许……

柳亚子：“子谷走的时候说什么时候回来？”

家人：“说是写完几部书稿就回，不料现在病倒了！”

柳亚子：“他走之前就身体不好，其实可能不愿做官，多喝了一点酒而已。他是个诗人呐！”

家人：“先生所见极是！都说苏曼殊的诗信手写来，却含意深邃，耐人寻味！”

“赶快发电报，催他尽快回来，抓紧治疗！”

“我马上去办。”

上海广慈医院病房。

刘三：“医生！从日本转来的病人情况如何？”

医生摇头：“唉，积重难返啊！他的肠胃已经严重衰竭，已经下了病危通知。你是他的什么人？”

“朋友，兄弟。”

“病人现在已经昏迷，需要静休，不要打扰。”

病房内，柳亚子陪伴曼殊，时而起身看看曼殊憔悴的病容，轻轻呼唤：“子谷兄！”

刘三进来：“子谷！子谷！”

柳亚子起身：“刘三！你怎么知道这儿的？嘘——他还没有醒来，你先坐吧。”

刘三：“我先找到杭州，跑了几间寺院，没见子谷人影。刚回到广东，就被通知去北京报到。到北京没几天，又回广东办点事，这才听说子谷在上海住院。亚子兄，辛苦你了！你守候多时了吧？”

柳亚子：“一天一夜，等他醒来啊！”

刘三眼含泪水：“唉，我知道得太晚了！”

苏曼殊微微颤动了一下。

刘三：“子谷！苏曼殊！你醒醒啊！我刘三来看你了！”

柳亚子兴奋地：“他醒了！他醒了！”

苏曼殊微微睁开双眼。

刘三：“子谷兄，我要回北京去了，你……你有什么嘱咐吗？”

苏曼殊：“兄弟，你现在是北京……大学教授了，很忙，……你就要走吗？”

“子谷兄，不要难过，听我的话，好好保养身体，我们以后会见面的。等你身体复原了，你就到北京来，很多事需要你做，我们就可以天天在一起了！”

“你过来……让我多看一眼……我们相交一场，你不要忘记我！”

“不要说傻话，我以后会常来看你的。”

曼殊苦笑着，摇摇头。忽然，他想起什么，颤抖的手从枕头底下拿出一沓钱，交给刘三。

刘三愕然：“这是干什么？”

“这是……我化缘来的川资，给你……买枪。”

刘三：“子谷兄，谢谢你，不用了！辛亥革命已经胜利了，日本特务和俄国佬已经被赶走了，袁世凯已经死了，你留着，以后你到北京来，做川资用吧！”

柳亚子在一旁抹泪。

苏曼殊：“仲甫兄在北京好吗？”

“他很好，和胡适之一起搞新文化运动，将来是要成大器的！他说等你病好后，接你上北京和他一起干！”

“我和他分别已经五六年了，真想啊！这是我在日本出版的《断鸿零雁记》，还有这封信，请代我交给仲甫兄吧！”

曼殊颤抖地从枕下抽出书和信。信封可见“陈独秀亲启”。

“你跟仲甫兄说，我怕是见不到他了……我当初没有听他的话，辜负了他一片热心……”

“不要胡思乱想了，你总是老让朋友放心不下！好生养病，信和书我一定送到！”

苏曼殊闭目，然后又睁开眼睛：“我在日本的生母，还有静子姐，以后有机会，请你代我……致意……静子姐一片真情，枉付流水行云……”曼殊眼含泪水。

刘三：“我会转达你的意思。”

苏曼殊：“白云……青山未尽思，人……人间天上两霏微。清风细雨……红泥寺，不见僧归见燕归。”

苏曼殊合上双眼。

刘三：“子谷兄！”

柳亚子：“子谷兄！”

在医院花园的长凳上，柳亚子惋惜地说：“你来得太晚了，子谷兄很想念你们，想念他的母亲河合氏，还有静子……”

表妹：“是的，我是受日本亲人所托，给三郎哥带来问候，真是遗憾得很，伯母河合氏已经不在人世，静子姐也因为三郎哥的离别，一病不起，几个月后便跳海，离开了人世。她临终前让我有机会的时候，将这个纪念物交给三郎哥，说她想念三郎哥，等他回来……”表妹哽咽无语，将一枚虎斑贝交给柳亚子。

柳亚子："还是你亲手交给他吧！不过，请你不要将他母亲和静子去世的消息告诉他，以免增加他的悲伤，影响治疗……"

曼殊全身颤抖，医生全力抢救后离去。

柳亚子："子谷兄，你感觉怎么样？你看看谁来看你了？"

苏曼殊声气微弱："我……"曼殊慢慢转过身来，看见表妹，眼睛一亮："表妹！你来了！"

柳亚子上前扶住曼殊。

"静子、静子和母亲好吗？她们来了吗？你看我——"曼殊脸上掠过一丝苦笑。

"三郎哥！海上风浪大，她们没有来，托我看望你，静子姐要我把这个带给你。"

曼殊见到虎斑贝，双手颤抖地接过，不住地抚摩，往事涌上心头。

此刻，大海波涛汹涌，天上一轮明月，曼殊和静子在海边漫步，月光下，静子的脸妩媚动人，两人相视良久，正欲拥抱，一只海鸟号叫着掠过头顶，向着岸边树林中飞去。浪涛裂石，曼殊浑身颤抖一下，静子似乎觉察到什么。曼殊忽然弯腰，拾起一枚虎斑贝，微笑着送到静子手中。

静子："三郎，你冷吗？"

曼殊："不冷。"

静子："你的气色不好，回去吧，这里风太大。"

……

曼殊眼含泪水，看着虎斑贝出神。

柳亚子："三郎，你想什么？"

"没想什么。"

表妹："你会好起来的。"

"好起来了又能怎样？人的一生，怎么不能自己支配？"

……

曼殊朦胧中，梦见了。

——静子向曼殊跑来："三郎！三郎！"

静子："三郎，你不能这样走！外面下着雪呢，等等，我陪你去！"

大海怒涛起伏。

山间破庙，长老："你既愿皈依佛门，就应永持足戒，尔何以偷食荤腥，违犯戒律？"

曼殊："是。弟子愿随我师参证禅理，弘扬佛法，永护灵山。只是一时糊涂，偷食荤腥，请师父谅解！"十二岁的苏曼殊跪拜于地。

"呔！清规难犯，老衲纵有怜悯之心，也无法背规枉佛，尔还有何话说？"

苏曼殊微微一颤，流出泪水："弟子无父无母，也未曾有过天伦慈爱……本根钝浊，只赖佛光化被，我师提携，换回一点灵性，脱离茫茫苦海！没有想到劣根未尽，触犯清规，弟子愿受惩戒，但求不要将我逐出山门……"

"哦？"

"我母黄氏，并非亲生之母，弟子究竟出自何门，至今不明。养父年前去世，也未明示弟子身世。难言之痛，铭刻寸心。"

"唔。"长老双目微启，打量了苏曼殊一眼，忽然外面鸦声聒耳，道："这群乌鸦，总是来聒噪！"长叹一声："法门清净，清规森严，本应将你赶出山门，老衲念你年小，孤苦伶仃，身世飘零，罚你每天驱赶乌鸦吧！"

“谢师父！”说罢连连叩头。

“阿弥陀佛！”

——炮声隆隆。陈独秀、胡适、刘三、冯自由……肩扛大旗，握着手枪，向前冲锋。

——柳亚子和南社诗人们慷慨演讲，散发传单。

——陈独秀与苏曼殊在夜上海的街头漫步、谈心。

——孙中山站立高处，向群众挥动拿破仑帽：“同胞们！我们今天在这里呢，集会庆祝辛亥革命胜利，庆祝起共和而终帝制的胜利！庆祝民主主义革命的胜利……”

——曼殊气喘吁吁跑向正在炮火中作战的刘三，解开身上的布包，取出银钱、手枪，执意送给刘三，支持他去打袁世凯。刘三正推脱间，一颗炸弹落下，火光冲天，二人倒下。刘三扶起病体支离的曼殊，将他推下火线，自己冒着炮火，冲向敌群……

——鞭炮齐鸣，过新年了，曼殊和孩子们嬉戏。

——曼殊站立小船头，耳边传来乡村喜庆锣鼓声：客家人男男女女，身着客家服饰，按客家礼仪，忙着婚嫁庆典，杀猪宰羊，做着米糕粽子，气氛热烈。一群孩子像鸟儿一样，追逐嬉戏，拾掇地上没放响的鞭炮。

——客厅的大香案上，摆着许多的蛋肉之类喜仪。猪头染上红色；公鸡剖开，翅尖和尾留一点鸡毛；两个猪肋，两个猪肘，也染成红色；两刀猪肉（点红），配以九九之数的红蛋、红花生。

——人们在场院烧火做饭，杀鸡宰羊，吆五喝六，气氛活跃。

——远处传来锣鼓唢呐声。

——豪华的花轿，由四人抬着，一人打包包锣开道，六名旗手，若干吹鼓手，簇拥而来。

——花轿到门口时，吹鼓手更加卖力奏乐，鞭炮声大作。

——新郎身穿新马褂，头戴礼帽，向众人高高拱着手，以示谢意。

——伴娘扶新娘下轿，郎伞上前举伞。新娘身穿蟒袍、霞帔，头戴凤冠、红盖头。

——司仪大喊一声："典礼开始！""一拜天地！二拜高堂……"

病床上，曼殊流泪，喊道："仲甫兄！刘三！孙文先生……"

柳亚子："子谷兄，他们都在北平，辛亥革命胜利了，大家都很忙，过几天就会专程来看望你。孙文先生已是中华民国大总统了！"

曼殊微笑："哦！"

忽然，病室门口出现雪鸿的身影，她大步跑到曼殊的床边，喊道："三郎！三郎！我是雪鸿啊！你看看我啊！"

曼殊呼吸急促，忽然伸出双臂，挣扎着坐起，因力气不支，又倒下。

雪鸿："三郎！三郎！我来看你！我从西班牙来……"哭泣欲绝。

曼殊喃喃："我要穿袈裟……那……那蓝色的……袈裟……"

雪鸿："袈裟？我帮你穿！"说着眼泪直流。

雪鸿和表妹取出袈裟，流着泪，十分郑重地给曼殊穿上，整理好衣领衣袖。

曼殊恹恹地，脸上露出一丝微笑。雪鸿难过地在曼殊的额上亲吻。

"三郎"的呼喊声在空中回荡。

1919 年 5 月 2 日，在送别曼殊的人群中，雪鸿和表妹走在最前面。后面是柳亚子、刘三、何梅士、章士钊、廖仲恺、于右任、陈去病……

苏曼殊在逝世前，早已将衣物典当一空，囊空如洗，他又先后在海宁医院和广慈医院就医，欠下不少医药费。汪精卫等人署名在上海报纸发布曼殊大师圆寂的讣告。孙中山先生闻讯，对苏曼殊的英年早逝惋惜万分，并直赞他的“率真”。孙先生指示汪精卫，曼殊所有的医药费、丧葬费均由革命党人负担，其后事则由汪精卫负责主持料理。

5 月 4 日，汪精卫等人将苏曼殊的骸龛，从广慈医院的太平间，移到上海西侧临苏州河的义冢地——广肇山庄寄存。

曹洞正宗第四十六世传人圆瑛大师承认苏曼殊为阿罗汉；革命团体光复会追认他为“文化导师”；柳亚子这样哭他：“鬓丝禅榻寻常死，凄绝南朝第一僧。”并称其“曼殊上人”，是很恰如其分的评价。

一位南社诗友在挽联中这样对他进行概括：“曼殊本是多情种，一领袈裟锁火焰!”

孙中山先生捐出千金，用作苏曼殊的迁葬之资。社会各界闻知信息后，也纷纷捐资相助。墓地和葬资的问题解决了，柳亚子、陈巢南等人便动手将苏曼殊的遗骸从广肇山庄迁葬于杭州西湖。

苏曼殊“革命和尚”“兵火头陀”的美称广为流传，他为革命的胜利而欢欣鼓舞。但狷介自守的他，仍以清净无欲自奉，他拒绝了官场的邀请。他是个诗人，他写诗都是自然而然，非常优美，给人一种隽永清新的味道，给人们留下深刻的印象。用李延年的“北方有佳人，绝世而独立。一顾倾人城，再顾倾人国”来评价苏曼殊的诗，是很贴切的。他翻译的《梵文典》《贝叶心经》，是中国佛教文化的重要文献，这个贡献将永载史册。

丹凤山石阶九十九级，由山脚直通山顶龙莲寺。远远可见一行僧人拾级而上。淡岸在最前头，背负着曼殊翻译好的《贝叶心经》《梵文典》前往龙莲寺安奉。

梵乐起，诵经声。

大觉寺香火更加旺盛，十方禅林，遥溯灵源。

丹凤山云蒸霞蔚，苍松翠柏，亭亭如盖。千年龙莲禅寺，万劫不古。烟雨楼台，钟鼓幡幢。

在孙中山夫妇的关怀、资助下，苏曼殊的墓被安奉在杭州西子湖畔。这儿绿草如茵，拜谒的人接踵而至。

在广东，美丽的田野，围龙屋群升起袅袅炊烟。寒林日夕，山壑萧然。牧童嬉戏，唱着山歌：

丑人自有丑人缘，莫话丑人不值钱。

十字街头买犁臂，越扭越歪越抵钱。

……

2014 年清明定稿

参考文献

1. 苏曼殊著，罗芳洲编. 曼殊遗著. 上海：上海文友书店，1947.

2. 柳亚子. 曼殊全集. 上海：北新书局，1940.

3. 苏曼殊. 苏曼殊书信集. 上海：上海中央书局，1948.

4. 苏曼殊. 曼殊小说集. 上海：上海开华书局，1934.

5. 苏曼殊诗，马以君笺注. 燕子龛诗笺注. 成都：四川人民出版社，1983.

6. 苏曼殊诗，刘斯奋笺注. 苏曼殊诗笺注. 广州：广东人民出版社，1981.

苏曼殊作品选编

燕子龛随笔

一

英人诗句，以雪莱（原译师梨）最奇诡而兼流丽。尝译其《含羞草》一篇。峻洁无伦，其诗格盖合中土义山、长吉而熔冶之者。曩者英吉利莲华女士以《雷莱诗选》（原译《师梨诗选》）媵英领事佛莱蔗于海上，佛子持贶蔡八，蔡八移赠于余。太炎居士书其端曰："师梨所作诗，于西方最为妍丽，犹此土有义山也。其赠者亦女子，辗转移被，为曼殊阇黎所得。或因是悬想提维，与佛弟难陀同辙，于曼殊为祸为福，未可知也。"

二

作《寒山图》，录寒山诗曰："闲步访高僧，烟山万万层。师亲指归路，月挂一轮灯。"

三

废寺无僧，时听堕叶，参以寒虫断续之声。乃忆十四岁时，奉母村居。隔邻女郎手书丹霞诗笺，以红线系蜻蜓背上，使徐徐飞入余窗，意似怜余蹭蹬也者。诗曰："青阳启佳时，白日丽旸谷。新碧映郊坰，芳蕤缀林木，轻露养篁荣，和风送芬馥。密叶结重阴，繁华绕四屋。万汇皆专与，嗟我守茕独。故居久不归，庭草为谁绿？览物叹离群，何以慰心曲！"斯人和婉有仪，余曾于月下一握其手。

四

《世说》："南阳宗世林与曹操同时，而薄其为人。不与之交。及操作司空，总朝致，从容问宗曰：'可以交未？'答曰：'松柏之志犹存。"香山句曰："乃知择交难，须有知人明。莫将山上松，结托水上萍。"

五

谭嗣同《寥天一阁文》，奇峭幽洁。《古意》两章，有弦外音，曰：鳞鳞日照鸳鸯瓦，姑射仙人住其下。素手闲调雁柱筝，花雨空向湘弦洒！" "六幅秋江曳画缯，珠帘垂地暗看凝。春风不动秋千索，独上红楼第一层。"

尝闻仁山老居士言：嗣同顶甚热，严冬亦不冠云。

六

寄刘兰自门二绝句："玉砌孤行夜有声，美人泪眼尚分明。莫愁此夕情何限，指点荒烟锁石城。" "生天成佛我何能，幽梦无凭恨不胜。多谢刘三问消息，尚留微命作诗僧。"

七

"山斋饭罢浑无事，满钵擎来尽落花。"此境不足为外人道矣。

八

余年十七，住虎山法云寺。小楼三楹，朝云推窗，暮雨卷帘，有泉，有茶，有笋，有芋。师傅居羊城，频遣师兄馈余糖果、糕饼甚丰。嘱余端居静摄，毋事参方。后辞师东行，五载，师傅圆寂，师兄不审行脚何方，剩余东飘西荡，匆匆八年矣。偶与燕君言之，不觉泪下。

九

“艳女皆妒色，静女独检踪。任礼耻任妆，嫁德不嫁容。君子易求聘，小人难自从。此志谁与谅？琴弦幽韵重。”此孟郊《静女吟》也。今也吾国长妇姹女，皆竞侈邪，又奚望其有反朴还淳之日哉！

一〇

昔人卖子句云：“生汝如雏凤，年荒值几钱？蛇行须珍重，不比阿娘边。”又女致母诗云：“挑灯含泪叠云笺，万星缄封寄可怜。为问生身亲阿母，卖儿还剩几多钱？”二诗音节哀亮，不忍卒读。昔陶渊明遣一仆与其子，兼作书诫其子曰：“此亦人子，须善遇之。”所谓“不独亲其亲，不独子其子”也。记朱九江先生绝句云：“新茶煮就手亲擎，小婢酣眠未忍惊。记否去年扶病夜，泪痕和药可怜生？”风致洒然。

一一

明末有《童谣》曰：“职方贱如狗，都督满街走。”不图今日沪上所见，亦复如是。

一二

兵所以卫民，于此土反为民害，真不详之物也。力田《今乐府》

有《梳篦谣》曰：“东家抱儿窜，西家挈妇奔。贼来犹可话，兵来愁杀人！况闻府帖下，大调土司兵。此物贪且残，千里无居民。掠人持作羹，析屋持作薪。莫言少为贵，国威尝见轻，无功害尚小，有功忧更深。问谁作俑者？必有林中丞。萧条夔子国，城郭为荆榛。贼如梳，兵如篦。猡犭回来，更如剃。保宁贼未除，霸州贼又炽。买马须快剑须利，从今作贼无反计。”读之令人扼腕抚膺。

一三

十二月望日行抵摩梨山，古寺黄梅，岁云暮矣。翌晨遥智周禅师于灶下，相对无言，但笑耳。师与余同受海云大戒，工近体，俱幽忆怨断之音。寺壁有迦留陀夷尊者画相。是章侯真迹。

一四

张娟娟偶于席上书绝句云：“维摩居士太昌狂，天女何来散妙香！自笑神心如枯木。花枝相伴也无妨。”娟娟语余：“是敬安和尚作。”余曰：“和尚一时兴致之语，非学吞针罗什。”，敬安和尚即寄禅，有《八指头陀集》。

一五

黄仲则“如此星辰非昨夜，为谁风露立中宵？”是想少情多人语。

太西学子言：“两人以智性识物，东人以感情悟物。”

一六

山寺中北风甚烈，读《放翁集》，泪痕满纸；令人心恻。最爱其“衣上征尘杂酒痕，远游无处不销魂。此身合是诗人未？细雨骑驴入剑门”一绝。尝作《剑门图》悬壁间，翌日被香客窃去。

一七

十一月十七日病卧秖垣精舍，仁山老檀越为余育秦淮马湘兰证果事甚详。近人但优作裙带中语，而不知彼姝生天成佛也。

一八

南雷有言：“人而不甘寂寞，何事不可为”“笼鸡有食汤刀近，野鹤无粮天地宽”二语，特为今之名士痛下针砭耳。

一九

苏格兰雪特君为余言：“欧人有礼仪之接吻（Conventional Kiss），有情爱纸接吻（Emotional Kiss）。”

二〇

《旧约全书》，在纪元前四百五十八年及四百五十年间伊萨罗氏所辑，千四百八十八年意大利始刊行《希布罗经典全集》。

二一

穆罕默德（原译玛哈默德）本麦加产，少时家贫，佣于嫠妇赫蒂彻（原译开沘育）家。开氏敬其为人正直无私，逐嫁之，因而得广交游。至埃及、叙利亚等地，受犹太、基督两教感化。归而隐退山中，住心观净，至四十岁始下山，自立一教曰伊斯兰（原译于思兰）。于思兰者，译言“随顺”。倡宇宙一神论，著《可兰经典》。

二二

春序将谢，细雨帘纤，展诵《拜伦集》（原译《裴轮集》）：“What is wealth to me? —it may pass in an hour ”，即少陵“富贵于我如浮云”句也。Comprehended, for without transformation, men become wolves on any slight occasion”。即靖节“多谢诸少年，相知不忠厚。意

气倾人命，离隔复何有”句也。As those who dote on odors pluck the flowers, and place them on their breast, but place to die”，即李嘉佑“花间昔日黄鹂啭，妾向青楼已生怨，花落黄鹂不复来，妾老君心亦应变”句也。末二截词直怨深，十方同感。

二三

金堡祝发后，住吾粤丹霞寺，著有《偏行堂集》《临清诗》等。昔余行脚至红梅驿破寺龛傍，见手抄《澹归和尚诗词》三卷，心窃爱之；想是行客暂为寄存，余不敢携去。犹记其《贻吴梅村》一律，大义凛然，想见其为人矣。诗曰：“十郡名贤请自思，座中若个是男儿？鼎湖难挽龙髯日，鸳水争持牛耳时。哭尽冬青徒有泪，歌残凝碧竟无诗。故陵麦饭谁浇取？赢得空堂酒满卮!”读此，当日名贤，可知也已。

二四

朱舜水墓，在日本茨城县久慈郡瑞龙山上。舜水没数年，有张裴者，慕舜水高义，追踪而至，为文以祭之。裴字非文，著有《莽苍园文稿》，水藩梓以行世，后太炎重为排比，始得流转中土；今日人已将《舜水全集》刊行，所谓饮水思源者也。忆舜水五古一首云：“九州如瓦解，忠信苟偷生。受诏蒙尘际，晦迹到东瀛。回天谋未就，长星夜夜明。单身寄孤岛，抱节比田横。已闻鼎命革，西望独吞声。”其当日眷怀君国之志，郁而不申，可哀也已。

二五

日人称人曰“某样”，犹“某君”也。此音本西藏语，日人不知也。

二六

相传达磨至震旦，初入南海，有士人捧《四书》进，达摩不识华文，但以鼻嗅之，旋曰："亦诚善哉，直是非而已。"

二七

余尝托晦闻倩如如居士刊石印一方，文曰："我本将心向明月，谁知明月照沟渠！"燕君谓我结习未忘。燕君者，通州沈一梅，方正之士也，肄业美国惠斯康新大学。

二八

海园，湘南曹氏子，天赋诗才，不幸短命。十四岁工艳体，有仙气，非寿征。十九岁牧牛村外，失足溺死。余仅忆其："滴翠满身弹竹露，落红双屐印苔泥""乐谱暗翻《金缕曲》，食单亲检水晶糖"数句而已。

二九

日本"尺八"，状类中土洞箫，闻传自金人。其曲有名《春雨》，阴深凄惘。余《春雨》绝句云："春雨楼头尺八箫，何时归看浙江潮？芒鞋破钵无人识，踏过樱花第几桥？"

三〇

赵百先少有澄清天下之志，余教习江南陆军小学时，百先为新军第三标标统，始与相识，余叹为将才也。每次过从，必命兵士携壶购板鸭黄酒，百先豪于饮，余亦雄于食，既醉，则按剑高歌于风吹细柳之下，或相与驰骋于龙蟠虎踞之间，至乐也。别后作画，请刘三为题定庵绝句赠之曰："绝域从军计惘然，东南幽恨满词笺，一箫一剑平生意，负尽狂名十五年。"

三一

梵语“比多”云“父”，“莽多”云“母”，“娑罗多”云“兄弟”，“先谛罗”云“石女”，“末陀”云“蒲桃酒”，“摩利迦”云“次第花”。以及东印度人呼水曰“郁特”与英吉利语音义并同之语甚多。拉丁出自希腊，希腊导源于“散斯克烈多”（Sanskrit），非虚语也。

三二

刘三工诗善饮，余东居，画《文姬图》寄之。病禅为余题飞卿句云：“红泪文姬洛水春，白头苏武天山雪，”刘三以六言三章见答，其一云：“白头天山苏武，红泪洛水文姬，喜汝玉关深入，将安阗此胡儿？”其二云：“东瀛吹箫乞者，笠子压到眉梢。记得临觞呜咽，忽忽三日魂销。”其三云：“‘支那’音非‘秦’转，先见《婆罗多诗》，和尚而定国号，国无人焉可知！”又贻余绝句云：“早岁耽禅见性真，江山故宅独怆神，担经忽作图南计，白马投荒第二人！”时余有印度之行也。

三三

英吉利语与华言音义并同者甚众。康奈尔大学教授某君欲汇而成书，余亦得数言以献，如“费”曰“fee”，”诉”曰“sue”，“拖”曰“tow”，“理性”曰“reason”，“路”曰“road”，“时辰”曰“season”，“丝”曰“silk”，“爸爸”曰“papa”，“爹爹”曰“daddy”，“妈妈”曰“mamma”，“簿”曰“book”，“香”曰“scent”，“圣”曰“saint”，“君”曰“king”，“蜜”曰“mead”，“麦”曰“malt”，“芒果”曰“mango”，“祸”曰“woe”，“先时”曰“since”，“皮”曰“peel”，“鹿”曰“roe”，“夸”曰“quack”，“诺”曰“nod”，

“礼”曰“rite”，“赔”曰“pay”，而外，鸡鸣犬吠均属谐声，无论矣。

三四

张宪《崖山行》云：“三宫衔璧国步绝，烛天炎火随风灭。间关海道续萤光，力战崖山独一决。”余恒诵之，曩作《崖山奇石壁图》，太炎为录陈元孝诗曰：“山木萧萧风更吹，两崖云雨至今悲。一声杜宇啼荒殿，十载愁人拜古祠！海水有门分上下，江山无地限华夷。停舟我亦艰难日，愧向苍苔读旧碑！”风人之旨，令人黯然。

三五

崇正末年，流寇信急，上日夜忧勤，一夕，遣内臣易服出禁，探听民间消息。遇一测字者，因举一“友”字询之。测字者问：“何事？”曰：“国事。”测字者曰：“不佳，反贼早出头矣！”急改口曰：“非此‘友’字，乃‘有’字。”曰：“更不佳，大明已去其半矣！”又改口曰：“非也，申酉之‘酉’耳。”曰：“愈不佳，天子为至尊，至尊已斩头截脚矣！”内臣咋舌而还。

三六

曩羁秣陵，李道人为余书泥金扇面曰：“文殊师利白佛言：‘世尊，何故名‘般若波罗蜜’？佛言：‘般若波罗蜜’二十四字，并引齐经生及唐人书经事。余许道人一画，于今十载，尚未报命，以余画本无成法故耳。

三七

草堂寺维那，一日叩余曰：“披剃以来，奚为多忧生之叹耶？”曰：“虽今出家，以情求道，是以忧耳。”

三八

Spenserian Verse，译云："冒头短章。"古代希腊、拉丁诗家优为之，亦犹梵籍发凡之颂也。

三九

"偈"即梵音"伽佗"，又云"偈陀"，唐言"颂"，译云"孤起"。《妙玄》云："不重颂名'孤起'，亦曰'讽颂'。"姚秦鸠摩罗什有《赠沙门法和十偈》，唐人多效之。

四〇

阿耨窣覩婆，或输卢迦波，天竺但数字满三十二即为一偈。号阿耨窣覩婆偈。"蕴驮南"者，此云"集施颂"，谓以少言摄集多义，施他诵持。

四一

楼子师不知何许人，亦不知其名氏，一日偶经游街市，于酒楼下整袜带次，闻楼上某校书唱云："汝既无情我便休。"忽然大悟。因号楼子焉。

四二

余至中印度时，偕二三法侣居芒砀山寺中。山中多果树，余每日摘鲜果五六十枚啖之。将及一月，私心窃喜。谓今后吾可不食人间烟火矣。惟是六日一方便，便时极苦，后得痢疾。乃知去道尚远，机缘未至耳。

四三

缅人恶俗极多，有种族号曰"浸"，居于僻野之山社。凡遇其父母年岁老者，筑台一座甚高，恭请老人登其上，而社中幼壮男女相率而歌舞于台下，老人从台上和之，至老人乐极生狂，忘其在台上而歌舞，跌下身死，则以火焚葬之。谓老人得天神之召，为莫大之荣幸云。

四四

桐城方氏维仪，年十七，寡居，教其侄以智，俨如人师，君子尚其志焉。其五律一章云："孤幼归宁养，双亲丧老年。衰容如断柳，薄命似浮烟。诗调凄霜鬓，琴心咽冻天。萧萧居旧馆，错记是从前。"想见其遭时多难也。

四五

《佛国记》：耶婆堤，即今爪哇。万历时华人至爪哇通商者已众，出入俱用元通钱，利息甚厚。而今日华侨人口，已达六十余万，自生自灭，竟不识祖国在何方向！

四六

末里洞有人造石山高数十丈，千馀年物耳。其中千龛万洞，洞有石佛，迂回曲折，层出无穷。细瞻所刻石象较灵隐飞来峰犹为精美。询之土人，云此石山系华人所造。日？水城，为南洲奇迹，亦中土人所建。黄子肃芳约余往游，以病未果也。

四七

土人称荷兰人曰"敦"，犹言"主"也。华人亦妄效呼之，且习土人劣俗。华人土生者曰"哗哗"，来自中土者曰"新客"。

四八

梭罗为首都，其酋居焉。酋出必以夜，喜以生花缀其身，画眉傅粉，侍从甚盛，复有弓箭手。酋子性挥霍，嗜博饮，妻妾以数十，喜策肥马出行，傅粉涂脂，峨峨云髻，状若好女焉。酋之嫔妾，皆席地卧起，得幸而有孕者，始得赐以床缛。宫人每日给俸若干，使自操井臼。宫中见酋，无论男女，皆裸上体，匍匐而前。酋每一语毕，受命者必合掌礼拜，退时亦蛇行也。

四九

余巡游南洲诸岛，匆匆二岁，所闻皆非所愿闻之事，所见皆非所愿见之人。茫茫天海，渺渺余怀。太炎居士素书兼其新作《秋夜》一章见寄，谓居士深于忧患；及余归至海上，居士方持节临边，意殊自得矣。

五〇

塞典堡植物园，其宏富为环球第一。有书藏，藏书二十余万，均是西籍，余以《大乘起信论》寄之。

五一

自巴厘巴板（原译巴利八版）出石叻，途次多悲感。晦闻见寄七律，温柔敦厚，可与山谷诗并读。诗云："四载离悰感索居，似君南渡又年余。未遗踪迹人间世，稍慰平安海外书。向晚梅花才数点，当头明月满前除。绝胜风景怀人地，回首江楼却不如！"后一年，余经广州，留广雅书院，一醉而去。抵日本，居士复追赠一律云："五年别去惊初见，一醉殊辜万里来。春事阴晴到寒食，故人风雨满离杯。拈花众里吾多负，取钵人间子未回。自有深深无量意，岂堪清浅说蓬莱！"居士有蒹葭楼，余作《风絮美人图》寄之。

五二

印度气候本分三季：热季，雨季，凉季。昔者诗人好事，更分二阅月为一季。岁共六季：曰"伐散多"为春季，曰"佉离斯磨"为夏季，曰“缚舍”为雨季，曰“萨罗陀”为秋季，曰“诃伊漫多”为冬季，曰“嘶嘶逻”为露季。

五三

印度“Mahabharata”“Ramayana”两篇，闳丽渊雅，为长篇叙事诗，欧洲治文学者视为鸿宝，犹“Iliad”“Odyssey”二篇之于希腊也。此土尚无译述，唯《华严疏钞》中有云：《婆罗多书》《罗摩延书》，是其名称。二诗于欧土早有译本。《婆罗多书》以梵土哆君所译最当，英儒马格斯牟勒（Max Muller）序而行之；有见虎一文之咏。

五四

迦梨陀娑（Kalidasa，原译迦梨达舍），梵土诗圣也，英吉利骚坛推之为“莎士比亚”（原译天竺沙士比尔）。读其剧曲《沙恭达罗》（“Sakoontala”，原译《沙君达罗》），可以觇其流露矣。

五五

《沙恭达罗》（原译《沙君达罗》），英文译本有二：一、William Jones 译；一、Monier Monier－Williams 译。犹《起信论》有梁、唐二译也。

五六

《摩诃婆罗多》《罗摩延》二篇，成于吾国商时。篇中已有“支那”国号，近人妄谓“支那”为“秦”字转音，岂其然乎！

五七

印度古代诗人好以莲花喻所欢；犹苏格兰诗人之“Red Red Rose”，余尝译《颎颎赤蔷薇》五古一首，载《潮音集》。

波斯昔时才子盛以蔷薇代意中人云。

五八

“涉江采芙蓉”，“芙蓉”当译 Lotus，或曰 Water lily，非也。英人每译作 Hibiscus，成木芙蓉矣！木芙蓉梵音“钵磨波帝”，日中王夫人取此花为小名。

五九

中土莲花仅红、白二色，产印度者，金、黄、蓝、紫诸色俱备，唯粉白者昼开夜合，花瓣可餐。诸花较中土产大数倍，有异香，《经》云“芬陀利花”是已。

梵语，人间红莲花之上者曰“波昙”。

六〇

梵土古代诗人恒言：“手热证痴情中沸。”沙士比亦有句云：“Give me your hand：this hand is moist，my lady－hot，hot，and moist.（见“Othello，Act Ⅲ. Scenne4”）

六一

伽摩（Kama）者，印度情爱尊天，貌极端美，额上有金书，字迹不可辨。手持弓，以蔗干为之，蜜蜂联比而成弦。又持五矢，矢尖饰以同心花，谓得从五觉贯入心坎。腰间系囊二，用麻布制之，实以凌零香屑。其旗画海妖状，相传尊天曾镇制海妖云。余随婆罗门大德行次摩俱罗山，于散陀那古庙得瞻礼一通。散陀那者，译言“流花”。

六二

秦淮青溪上有张丽华小祠，不知何代初建，至今圯迹犹存。新城王士祯有诗云："壁月依然琼树枯，玉容犹似忆黄奴。过江青盖无消息，寂寞青溪伴小姑。"二十八字，可称吊古杰作。《后庭花》唱乐，天下事已非，当年风景，亦祸苍生之尤者耳。

* * * * *

《拜伦诗选》自序

去秋白零大学教授法兰居士，游秣陵，会衲于秖恒精舍。谈及英人近译《大乘起信论》，以为破碎过甚，衲谓然叹曰："译事固难，况译以英文，首位负竭，不称其意，滋无论矣。又其卷端，谓马鸣此论，同符景教。呜呼，是乌足以语《大乘》者哉！"居士嘱衲为购《法苑珠林》，版久蠹蚀，无以应其求也。衲语居士："震旦万事藟坠，岂复如昔时所称天国（celestial empire）？亦将为印度、巴比伦、埃及、希腊之继耳！"此语思之，常有余恫。比自秣陵遄归将母，病起胸膈，擩笔译拜伦《去国行》《大海》《哀希腊》三篇。善哉！拜伦以诗人去国之忧，寄之吟咏，谋人家国，功成不居，虽与日月争光，可也！尝谓诗歌之美，在乎气体，然其情思幻渺，抑亦十方同感，如衲旧译《颎颎赤墙靡》《去燕》《冬日》《答美人》《赠束发䘗带诗》数章，可为证已。古诗"思君令人老"，英译作 to think of you makes me old，词气相副，正难再得，若《小雅》"昔我往矣，杨柳依依；今我来思，雨雪霏霏。行道迟迟，载渴载饥，我心伤悲，莫知我哀"译如：

At first when we set out,
The willows were fresh and green;
Now, when we shall be returning,

Tue snow will be falling in clouds.
Long and tedious will be our marching;
We shall hunger: we shall thirst.
Our hearts are wounded wite grief,
And no one knows our sadness.

又陈陶《陇西行》：“誓扫匈奴不顾身，五千貂锦丧胡尘。可怜无定河边骨，犹是春闺梦里人。”

They swore the huns should perish: they would die if need they must,
And now five thousand, sable-clad, have bit the tartar dust.
Along the river bank their bones lie scattered where they may,
But still their forms in dreams arise to fair ones far away.

顾视元文，犹不相及。自余译者，浇淳散朴，损益任情，宁足以胜鞮寄之任！今译是篇，按文切理，语无增饰，陈义悱恻，事辞相称。世有作者，亦将有感乎斯文？光绪三十二年佛从多罗夜登陵奢天下还日。曼殊序于太平洋舟中。

* * * * *

《文学因缘》序

先是在香港读 Candlin 师所译《葬花诗》，词气凑泊，语无增减，若法译《离骚》《琵琶行》诸篇，雅丽远逊原作。

夫文章构造，各自含英，有如吾粤木棉素馨，迁地弗为良。况歌诗之美，在乎节族长短之间，虑非译意所能尽也。

衲谓文词简丽相俱者，莫若梵文，汉文次之，欧洲番书，瞠乎后矣！汉译经文，若《输卢迦》，均自然缀合，无失彼此。盖梵、汉字体，俱甚茂密，而梵文“八转”“十罗”微妙傀琦，斯梵章所以为天书也。今吾汉土末世昌披，文事驰沦久矣，大汉无声，其真绝耶？

比随慈母至逗子海滨，山谷幽寂，时见残英杂树。偶录是篇，闽江诸友，愿为之刊行，得毋灵府难尘泊者哉？

曩见 James Legge 博士译述《诗经》全部，其《静女》《雄雉》《汉广》数篇，与“Middle Kindom”所载不同；《谷风》《鹊巢》两篇，又与 Francis Davis 所译少异。今各录数篇，以证同异。伯夷、叔齐《采薇歌》《懿氏谣》《击壤歌》《饭牛歌》，百里奚妻《琴歌》，箕子《麦秀歌》《箜篌引》《宋城者讴》，古诗《行行重行行》及杜诗《国破山河在》等，亦系 Legge 所译。李白《春日醉起言志》《子夜吴歌》，杜甫《佳人行》，班固《怨歌行》，王昌龄《闺怨》，张籍《节妇吟》，文文山《正气歌》等，系 Giles 所译。《采茶词》亦见 Williams所著 *The Middle Kingdom*，系 Mercer 学士所译。其余散见群籍，都无传译者名。尚有《山中问答》《玉阶怨》《赠汪伦》数首，今俱不复记忆。

畏友仲子尝论“不知心恨谁”句，英译微嫌薄弱。衲谓第以此土人译作英语，恐弥不逮，是犹倭人之汉译，其蹇涩殊出意表也。又如“长安一片月”，尤属难译，今英译亦略得意趣。友人君武译拜伦《哀希腊》诗，亦婉转不离原意，惟稍逊《新小说》所载二章，盖稍失粗豪耳。顾欧人译李白诗不可多得，犹此土之如 Byron 也，其《留别雅典女郎》四章，则故友译自《Byron 集》中。沙恭达罗（Sakoontala）者，印度先圣毗舍密多罗（Viswamitra）女，庄艳绝伦。后此诗圣迦梨陀娑（Kalidasa）作“Sakoontala”剧曲；纪无能胜王（Dusyanta）与沙恭达罗慕恋事，百灵光怪。千七百八十九年，Williams Jones（威林，留印度十二年，欧人习梵文之先登者）始译以英文。传至德，

Goethe 见之，惊叹难为譬说，遂为之颂，则《沙恭达纶》一章是也。Eastwick 译为英文，衲重迻译，感慨系之。印度为哲学文物源渊，俯视希腊，诚后进耳。其《摩诃婆罗多》（“Mahabrata”）、《罗摩衍那》（“Ramayana”）二章，衲谓中土名著，虽《孔雀东南飞》《北征》《南山》诸什，亦逊彼闳美。而今极日五天，荒丘残照，忆昔舟经锡兰，凭吊断塔颓垣，凄然泪下，有“恒河落日千山碧，王舍号风万木烟”句，不亦重可哀耶！

曼殊

* * * * *

耶婆提病中末公见示新作伏枕奉答兼呈旷处士

君为塞上鸿，我是华亭鹤。
遥念旷处士，对花弄春爵。
良讯东海来，中有游仙作，
劝我加餐饭，规我近绰约。
炎蒸困羁旅，南海何辽索？
上国亦已芜，黄星向西落。
青骊逝千里，瞻乌止谁屋？
江南春已晚，淑景付冥莫。
建业在何许？胡尘纷漠漠。
佳人不可期，皎月照罗幕。
九关日已远，肝胆竟谁托？
愿得趋无生，长作投荒客。
竦身上须弥，四顾无崖崿。

我马已玄黄，梵土仍寥廓。
恒河去不息，悲风振林薄。
袖中有短书，思寄青飞雀。
远行恋俦侣，此志常落拓。

这首五古诗发表于1910年12月《南社》第三集。

* * * * *

为玉鸾女弟绘扇

日暮有佳人，独立潇湘浦。
疏柳尽含烟，似怜亡国苦。

此诗作于1913年，发表于1913年11月《生活日报》副刊“生活艺府”；又载于1914年5月《民国》第一号；又载于1914年7月《南社》第十集。

* * * * *

饮席赠歌者贾翰卿

一曲凌波去，红莲礼白莲。
江南谁得似？犹忆李龟年。

作于1913年10月，发表于1913年11月30日《生活日报》副刊“生活艺府”，题为《彦居士席上赠歌者贾翰卿》；又载于1914年5月《民国》第一号；又载于1915年3月《南社》第十三集。

* * * * *

柬法忍

来醉金茎露，胭脂画牡丹。

落花深一尺，不用带蒲团。

发表于1912年6月9日《太平洋报》副刊“太平洋文艺集”；后又刊于1912年10月《南社》第六集；1913年11月3日《生活日报》副刊“生活艺府”、1914年5月《民国》第一号。

* * * * *

南楼寺怀法忍叶叶

万物逢摇落，姮娥耐九秋。

缟衣人不见，独上寺南楼。

作于1913年秋，发表于1913年11月30日《生活日报》副刊“生活艺府”；又载于1914年5月《民国》第一号；1914年7月《南社》第十集。

* * * * *

东行别仲兄

江城如画一倾杯，乍合仍离倍可哀。

此去孤舟明月夜，排云谁与望楼台？

“仲兄”即陈独秀（1879—1942），原名乾生，字仲甫，号实庵，安徽怀宁（今属安庆市）人。早年参加辛亥革命，是文学革命的先驱。文艺理论家、教授。1915年自日本回国后创办的《青年杂志》（第2卷起改名为《新青年》）。1921 年 7 月当选为中国共产党总书记。1927 年被撤销总书记职务。1932 年被国民党政府逮捕，关押 13 年，1937 年 8 月释放。1942 年 5 月 27 日病逝。

* * * * *

过若松町有感示仲兄

契阔死生君莫问，行云流水一孤僧。
无端狂笑无端哭，纵有欢肠已似冰。

载于 1911 年 6 月《南社》第四集。此时陈独秀在日本，与曼殊往来甚密。

* * * * *

樱花落

十日樱花作意开，绕花岂惜日千回？
昨宵风雨偏相厄，谁向人天诉此哀？
忍见胡沙埋艳骨，空将清泪滴深杯。
多情漫作他年忆，一寸春心早已灰。

此诗见霍洁尘编《苏曼殊诗酬韵集》。从诗的内容看，与《失题》《过若松町有感》《过若松町有感示仲兄》等诗相似，都是怀念已故情人静子的。

* * * * *

题　画

海天空阔九皋深，飞下松阴听鼓琴。
明日飘然又何处？白云与尔共无心。

载于 1907 年出版的《文学因缘》第一卷；又见于 1917 年 12 月出版的《非梦记》。

* * * * *

西湖韬光庵夜闻鹃声简刘三

刘三旧是多情种，浪迹烟波又一年。
近日诗肠饶几许？何妨伴我听啼鹃。

1908 年写于杭州，1910 年 6 月，发表于《南社》第二集。此诗寄给刘三后可能被修改过，曼殊在 1908 年 9 月复刘三信中说："拙诗蒙斧正，不胜雀跃。"

* * * * *

寄广州晦公

忽闻邻女艳阳歌，南国诗人近若何？
欲寄数行相问讯，落花如雨乱愁多！

作于 1909 年夏天，发表于 1910 年 12 月《南社》第三集，题为《寄晦闻》。后又见于 1912 年 4 月 9 日《太平洋报》副刊"太平洋文艺集"所载高钝剑《愿无尽庐诗话》。此题从蔡哲夫所藏曼殊墨迹录出（参看《艺林丛录》第五编文艺《曼殊上人诗册》)。

* * * * *

落　日

落日沧波远岛滨，悲笳一动剧伤神。
谁知北海吞毡日，不爱英雄爱美人。

发表于1910年12月《南社》第三集。后又刊于1912年4月19日《太平洋报》副刊“太平洋文艺集”中所载高钝剑《愿无尽庐诗话》，题目改为《失题》。

* * * * *

题师梨集

谁赠师梨一曲歌？可怜心事正蹉跎。
琅玕欲报何从报？梦里依稀认眼波。

作于1909年春末，发表于1910年12月《南社》第三集；后又刊于1914年7月《民国》第三号。

* * * * *

题《拜伦集》

西班牙雪鸿女诗人，过存病榻，亲持玉照一幅，《拜伦遗集》一卷、曼陀罗花共含羞草一束见贻，且殷殷以归计。嗟夫，予早岁披剃，学道无成，思维身世，有难言之恫！爰扶病书二十八字于《拜伦》卷首，此意惟雪鸿大家心知之耳。

秋风海上已黄昏，独向遗编吊拜伦。

词客飘蓬君与我，可能异域为招魂？

此诗发表于1910年12月《南社》第三集。1909年曼殊自上海途经香港（一说新加坡）遇儿时老师罗弼·庄湘博士，得其女儿雪鸿赠西诗数册，随即前往爪哇惹班中华会馆任教，这首诗是赴爪哇时在船上作的。

* * * * *

调筝人将行嘱绘金粉江山图题赠

一

送卿归去海潮生，点染生绡好送行。

五里徘徊仍远别，未应辛苦为调筝。

二

乍听鹂歌似有情，危弦远道客魂惊。

何心描画闲金粉，枯木寒山满故城。

作于1909年上半年，发表于1911年6月《南社》第四集。

* * * * *

寄调筝人

一

禅心一任蛾眉妒，佛说原来怨是亲。

雨笠烟蓑归去也，与人无爱亦无嗔。

二

生憎花发柳含烟，东海飘零二十年。

忏尽禅情空色相，琵琶湖畔枕经眠。

三

偷尝天女唇中露，几度临风拭泪痕。

日日思君令人老，孤窗无那正黄昏。

作于1909年上半年，发表于1910年12月《南社》第三集；后又刊于1912年4月19日《太平洋报》副刊“太平洋文艺集”中的高钝剑（天梅）《愿无尽庐诗话》，题作《西京步枫子韵》。枫子，据柳亚子、柳无忌说是百助的另一名字。

* * * * *

有　怀

一

玉砌孤行夜有声，美人泪眼尚分明。

莫愁此夕情何限？指点荒烟锁石城。

二

生天成佛我何能，幽梦无凭恨不胜。

多谢刘三问消息，尚留微命作诗僧。

此诗发表于1909年12月《南社》第一集，后又刊于1913年11月、1915年1月《生活日报》的副刊“生活艺府”，以及1914年5月《民国》第一号《燕子龛随笔》，后者题目改为《寄刘三白门二首》。“白门”为南京的别称。

* * * * *

为调筝人绘像

一

收拾禅心侍镜台，沾泥残絮有沉哀。
湘弦洒遍胭脂泪，香火重生劫后灰。

尝作《风絮美人图》寄晦公广州，晦公寄余诗有“向人风絮有沉哀”句。(苏曼殊注)

二

淡扫蛾眉朝画师，同心花髻结青丝。
一杯颜色和双泪，写就梨花付与谁?

汉元帝时有同心髻，顶发相缠，束以绛罗，今日本尚有此风。（苏曼殊注）

此诗作于1909年夏天，发表于1910年12月《南社》第三集。诗中“调筝人”系艺人百助眉史。1909年1月2日，曼殊离上海东渡日本东京，与陈独秀（仲甫）同住神田清寿馆，与百助眉史相往来。诗中可见曼殊百助眉史感情缱绻。

苏曼殊遗笺选编

与刘三书

刘三我兄足下：

前月念旬肃具片楮，何久未蒙赐答？抑被洪乔投向石头城下耶？海航哥都不闻动静，别来无恙否？秋风又一度矣。

曼拜

中秋前四日

刘公足下：

别后思心潭潭，书来良以为慰，惟诸故人音尘远隔，不能不颎颎于心耳。杏南兄放舟在何日，晤时乞为我道念。钟公亦于明日来申。寒衲送君南浦时，以为不久当可接席快谈，而竟不果，其缘悭耶？寒凝切祈珍摄，以慰此驰想也。

博经合十

十二月十五日

刘三我哥足下：

匆匆握别，无一书至，殆以曼根器浅薄，不屑教诲。见弃之速，情奚以堪？曼前此所为，无一是处，都因无阅历，故人均以此疏曼，思之成痗。第天下事无有易于骂人者。曼处境苦极，深契如兄，岂不知之？家庭事虽不足为兄道，每一念及，伤心无极矣。嗟夫刘三，曼诚不愿栖迟于此五浊恶世也。前太炎有信来，命曼随行，南入印度，现路费不足，未能预定行期。曼下月初可以返东，顷已谢绝交游，唯望兄勿弃我太甚而已。天寒风厉，依望珍重，暇时望有以教曼也。

弟曼殊顶礼

十月二十三

注：刘季平（1878—1938），名钟，字季平，别字离垢，以字行。行三，自署“江南刘三”，上海华泾（今属龙华乡）人。清光绪二十九年（1903）初，东渡日本，入东京成城学校骑兵科学习。留日学生组“拒俄义勇队”，率先参加，后又为“军国民教育会”活跃分子。孙中山在横滨设兴中会分会，闻讯加入，从事反清革命宣传。1916年（民国5年）12月，赴北京，在北京大学任教，后又受聘为北京高等师范学校教授。1922年，因父丧母老，回江南任镇江敏成中学校长。后在南京国立东南大学、上海持志大学讲授国学。曾与苏曼殊情谊尤深，作有《怀人》诗：“饷君黄酒胡麻饭，贻我白门秋柳图。总是有情抛不得，袈裟赢得泪痕粗。”寄情诗酒，乐与友人共。抗日战争爆发，自恨老病，既不能效命前线抗日，又不能随政府西迁，忧愤不已，复得怔忡疾，常终夜不成寐。1938年春，又患温症。寓室逼仄，入夏炎热难忍，饮冰镇啤酒解渴，伤胃成病并痢泻不绝，医治无效，8月26日逝世。

* * * * *

与高天梅书

天梅居士侍者：

昨岁自江户归国，拟于桂花香里，趋叩高斋，而竟不果。情根未断，思子为劳。顷接《南社初集》一册，日夕诵之，如与诸故人相对，快慰何言！拙诗亦见录存，不亦佛头着粪耶？衲行脚南荒，药垆为伍，不觉逾岁。旧病新瘥，于田亩间，尽日与田夫亲话，或寂处斗室，哦诗排闷，“比来一病轻于燕，扶上雕鞍马不知”，惟有长嗟而已。大著精妙无伦，佩伏佩伏。衲尝谓拜伦足以贯灵均、太白，师梨足以合义山、长吉，而沙士比、弥尔顿、田尼孙以及美之郎弗劳诸子，只可与杜甫争高下。此其所以为国家诗人，非密语于灵界诗翁也。近世学人，均以为泰西文学精华，尽集林、严二氏故纸堆中。嗟夫！何吾国文风不竞之甚也。严氏诸译，衲均未经目；林氏说部，衲亦无暇观之。唯《金塔剖尸记》《鲁滨孙飘流记》二书，以少时曾读其原文，故售诵之，甚为佩伏。余如吟边燕语、不如归，均译自第二人之手。林不谙央文，可谓译自第三人之手，所以不及万一。甚矣，译事之难也！前见辜氏《痴汉骑马歌》，可谓辞气相副。顾原作所以知名者，盖以其为一夜脱稿，且颂其君，锦上添花，岂不人悦？奈非如罗拔氏专为苍生者何！此视吾国七步之才，至性之作，相去远矣。惜夫辜氏志不在文事，而为宗室诗匠，牢其根怀也。衲谓凡治一国文学，须精通其文字。昔瞿德逢人，必劝之治英文。此语专为拜伦之诗而发。夫以瞿德之才，岂未能译拜伦之诗！以非其本真耳。太白复生，不易吾言。昨岁南渡，舟中遇西班牙才女罗弼氏，亦以此说为当，即赠我西诗数册。每于榔风柳雨之际，亦一思及残僧飘流绝岛耶？前夕商人招饮，醉卧道中，卒为友人，扶归始觉。南渡以来，惟此一段笑话耳。

屈子沉江前三日。阿难发自耶婆提旧都

注：高旭（1877—1925），字天梅，一字慧云，号剑公，别号钝剑，江苏金山人。1903年与高吹万在金山创办《觉民》（月刊）。后留学日本，毕业于东京法政大学。在东京期间积极参与革命报刊的宣传活动。1905年参加《二十世纪之支那》的编辑和发行工作，同年秋又主编《醒狮》（月刊）。同年七月孙中山先生由欧洲抵日本，高天梅参与了筹组中国同盟会，被推为江苏省主盟人。1906年回国。1909年与陈去病、柳亚子等创立南社。

* * * * *

与高天梅柳亚子书

天梅亚子两居士莲座：

前接哲子书，始知两居士道体如昨。天中节奉上一笺，托哲子转交，想已尘清览矣。顷接手示，厚意笃挚，循环铭诵，不知所以为报。瑛比来咯血之症复发，羁旅六月，已费去七百余金，故未能买舟赴印。南洲暑湿，未易卫养，承示约图良会，深感远地殷殷至意。遥念诸公文酒风流，而我飘流绝岛，嗟夫病骨，还剩几朝，尚不可知，焉问归期！道一佩忍两公，为况复何如也？平生故人，去我万里，伏枕思维，岂不怅恨。《万梅图》不值一粲，今委作画，愧画笔久废；但望梵天帝释，有以加庇，异日或能归国，勉应尊命耳。前岁佩公匆匆一别，都不闻动定，《忏慧夫人词》，何不见寄一册？今去拙诗，尚祈斧改。又前佩公许为我题《明故宫瓦当歌》，至今未见惠下，想佩公亦已忘却，或因通书，幸为我寄言佩公也。吹万居士前于海上一晤，殆如梦幻，想起居弥健耳。近读所南“千金散尽还弹铗，四海交空且碎琴”句，感慨随之。两居士大著必多，还望便中书示一二，以慰缠绵之病，幸何如之！

瑛顶礼

五月十七日灯下

* * * * *

答玛德利庄湘处士书

庄师坛次：

星洲一别，于今三年，马背郎当，致疏音问。万里书来，知说法不劳，少病肖恼，深以为慰。《燕子笺》译稿已毕，蒙惠题词，雅健雄深，人间宁有博学多情，如吾师者乎。

来示所论其当，佛教虽斥声论，然楞伽瑜伽所说五法：曰相，曰明，曰分别，曰正智，曰真如，与波弥尼派相近。楞严后出，依于耳根园通，故有声论宣明之语，是佛教亦取声论，特形式相异耳。至于应赴之说，古未之闻。昔白起为秦将，坑长平降卒四十万，至梁武帝时，志智者，将斯悲惨事，用警独夫好杀之心，并示所以济拔之方。武帝遂集天下高僧，建水陆道场，凡七昼夜，一时名僧，咸赴其请，应赴之法自此始。检诸内典，昔佛在世，为法施生，以法教化，一切有情，人间天上，莫不以五时四教，次第调停而成熟之；诸弟子亦各分化十方，恢弘其道。迨佛灭度后，阿难等结集三藏，流通法宝。至汉明帝时，佛法始人震旦，风流乡盛。唐宋以后，渐入浇漓，取为衣食之资，将作贩卖之具。嗟夫异哉！

自既未度，焉能度人！譬如落井救人，二俱陷溺。且施者与而不取之谓。今我以法与人，人以才与我，是谓贸易，云何称施，况本无法与人，徒资口给耶！纵有虔诚之功，不赎贪求之过。若复苟且将事，以希利养，是谓盗施主物，又谓之负债用，律有明文，呵责非细。志公本是菩萨化身，能以圆音利物，唐持梵呗，无补秋毫，矧在今日凡僧，相去更何止万亿。由延云栖，广作忏法，蔓延至今，徒误正修，流毒沙门，其祸至烈。至于禅宗，本无忏法，而今亦相率崇效，非但无益于正教，而适为人鄙夷，思之宁无坠泪！至谓崇拜木偶，诚劣俗矣。昔中天竺昙摩拙义善画，隋文帝昌，自梵土来，遍礼中夏阿育王塔，至成都雒县大石寺，空中见十二神形，便一一貌之，乃刻木为十二神形于寺塔下。嵩山少林寺门上有画神，亦为天竺迦佛陀禅师之迹。复次有康僧铠者，初入吴设象行道；时曹不兴见梵方佛画，仪范端严清古，自有威重俨然之色，使人见则肃恭，有皈仰心，即背而抚之。故天下盛传不兴。后此雕塑铸像，俱本曹吴，吴即道子，时人称曹肖出水，吴带当风。夫偶像崇拜，天竺与希腊、罗马所同。天竺民间宗教，多雕刻狞恶神象，至婆罗门与佛教，其始但雕刻小形偶象，以为纪念，与画像相去无几耳。逮后希腊侵入，被其美术之风，而筑坛刻象始精矣。然观世尊初灭度时，弟子但宝其遗骨，贮之塔婆，或巡拜圣迹所至之处，初非以偶象为重，曾谓如彼伪仁矫义者之淫祀也哉。震旦禅师亦有烧木佛事，百丈旧规，不立佛殿，岂非得佛教之本旨者耶。若夫三十二相八十随好，执之即成见病，况于雕刻之幻形乎。

三斯克烈多者，环球最古之文，大乘经典俱用之。近人不察，谓大乘经为巴利文，而不知小乘间用之耳。三斯克烈多正统，流通于中天竺西天竺文帝玗玛迩华萝疋等处，盘迦梨西南接境，有地名屈德。其地流通乌利耶文，惟与盘迦梨绝不类似，士人另有文法语集。入天竺西南境，有求察罗帝及摩罗隄两种，亦三斯克烈多统系也。低娄求为哥罗门谛海滨土语，南达案达罗之北，直过裟伽窣都芝伽南境，及溯海濒而南，达梅素边陲，扩延至尼散俾萝待等处，北与乌利耶接，西与迦那多及摩罗隄接，南贯揭兰陀等处。迦那多与低娄求二文，不过少有差别耳，两种本同源也。

揭兰陀字取法于那迦离，然其文法结构，则甚有差别。秣罗耶缢则独用于摩罗钵南岸，就各种字中，那迦离最为重要，盖三斯克烈多文，多以那迦离誊写，至十一世纪勒石镌刻，则全用那迦离矣。迨衙南天梵章，变体为五，皆用天芬达嫂岭之南，即迦那多低娄求等。天竺古昔，俱剥红柳皮即柽皮，或棕榈叶即贝叶作书。初天竺西北境须弥山，即喜马拉耶，其上多红柳森林，及后延及中天竺、东天竺、西天竺等处，皆用红柳皮作书。最初发见之三斯克烈多文，系镌红柳皮上，此可证古昔所用材料矣。

及后回部侵入，始用纸作书，而柽皮贝叶废矣。惟南天仍常用之，意勿忘本耳。柽皮贝叶，乃用绳索贯其中间单孔联之，故梵土以缬结及线，名典籍曰素怛缆或修多罗，即此意也。牛羊皮革等，梵方向禁用之，盖恶其勿洁。古昔铜板，亦多用之镌刻，此皆仿柽皮或贝叶之形状，天竺古昔，呼墨水曰麻尸，束芦为管曰迦罗摩，以墨水及束芦笔书于柽皮贝叶及纸之上。古昔南天，或用木炭作书，尖刀笔亦尝用之，其形似女子押发长针，古人用以书蜡版者。凡书既成，乃用紫檀薄片夹之，缠以绳索，组文绣花布之内，复实以楠檀香屑，最能耐久。先是游扶南菩提寺，沿得拜观，劫后临安，梨花魂梦，徒令人心恻耳。

龙树菩提取经，事甚渺茫，盖华严经在天竺何时成立，无人识之。自古相传，龙树菩萨入海，从龙宫取出。龙宫者，或疑为龙族所居，乃天竺边鄙野人，或是海滨窟殿，素有经藏，逐以龙宫名之非真自海底取出也。佛灭年代，种种传说不同，德意志开士马格斯牟勒，定为西历纪元四百七十七年。盖本佛陀伽耶碑文，相差又有一年之限，吾师姑从之可耳。

中夏国号曰“支那”者，有谓为“秦”字转音，欧洲学人，皆具是想，女公子新作亦引据之；衲谓非然也。尝闻天竺遗老之言曰：“粤昔民间耕种，惟持血指，后见中夏人将耒犁耜之属，民咸骇叹，始知效法。从此命中夏人曰‘支那’。‘支那’者，华言巧黠也。”是名亦见摩诃婆罗多族大战经，证得音非“秦”转矣。或谓因磁器得名，如日本之于漆，妄也。案摩诃婆罗多与罗摩延二书，为长篇叙事诗，虽颔马亦不足望其项背，考二诗之作，在吾震旦商时，此土向无译本；惟华严经偶述其名称，谓出马鸣菩萨手。文固旷劫难逢，衲意奘公当日，以其无关正教，因弗之译，与赖吒和罗俱作广陵散耳。今吾震旦已从梦中褫落，更何颜絮絮辩国号。衲离绝训言文字久矣，既承明问，不觉拉杂奉复，破夏至爪哇，昔法显亦尝经此，即《佛国记》所云耶婆堤。今婆罗门与回教特盛，佛徒则仅剩波罗钵多大伽蓝倒映于颓阳之下，金碧飘零，无残碑可拓，时见海鸥飞唳。今拟岁暮归栖邓尉，力行正照道远心长，千万珍重。闻吾师明春迻居君斯坦，未识异日可有机缘，扁舟容与盈盈湖水，寒照颦眉否耶。

一千九百十一年七月八日

曼殊沙禅里

注：玛德利庄湘是曼殊幼年的英语教师罗弼·庄湘，因为是西班牙人，苏曼殊便以玛德利（马德里，西班牙首都）称呼罗弼·庄湘博士。

* * * * *

与柳亚子马君武书

亚子君武两公侍者：

久别思心弥结，谁云释矣？迩者振大汉之天声，想两公都在剑影光中，抵掌而谭；不慧远适异国，惟有神驰左右耳。天梅止斋，为况何似？楚伧兄近居沪否？不慧又病月余，支离病骨，谁怜季子！今拟十二月遄归故国，邓尉山容我力行正照，届时望诸公惠存，为我说销魂偈。君武亚子，愿耶否耶？

三郎伏枕上言

十月二十八日

注：马君武（1881—1940），中国近代获得德国工学博士第一人、政治活动家、教育家。广西大学的创建人和首任校长。原名道凝，又名同，改名和，字厚山，号君武，汉族，祖籍湖北蒲圻，生于广西桂林。1902年留日期间结识孙中山，1905年参与组建同盟会。据载，一次南社对诗，马君武被苏曼殊的诗“噎”得半天说不出话，“转羞为怒，急起，奋拳欲殴曼殊”。苏曼殊竟“茫然不知所措”，幸亏众人劝住。

精通英、日、德、法等国文字，研究涉及自然科学、社会科学许多领域。《共产党宣言》的纲领部分，就是他在1906年夏译成中文登在《民报》上的。马君武还第一个翻译出版了达尔文的《物种原始》（即现在人们熟知的《物种起源》），在当时产生了较大影响；编译了《德华辞典》等书；翻译过席勒的《威廉·退尔》；介绍过黑格尔的学说。1940年8月1日，因胃穿孔症医治无效，在桂林雁山校区病逝，享年60岁。

马君武去世后，蒋介石发来唁电：“惊闻马君武先生遽捐馆舍，无恁怆悼。先生耆贤，文化先驱，未睹中兴，突殒下寿，感教泽之在人，定流传于久远。”白崇禧、孔祥熙、戴传贤、张发奎、陈立夫、朱家骅等军政要人都发来了唁电。周恩来为马君武送来挽词——“一代宗师”；朱德、彭德怀送的挽词是“教泽在人”。

* * * * *

与柳亚子书

亚子足下：

曼离绝语言文字久。昨夕梦君，见縢上蒋虹字腿，嘉兴大头菜，枣泥月饼，黄垆糟蛋各事，喜不自胜。比醒则又万绪悲凉，倍增归思。“壮士横刀看草檄，美人挟瑟请题诗”，遥知亚子此时乐也。如腊月病不为累，当检燕尾乌衣典去，北旋汉土，与天梅、止斋、剑华、楚伧、少屏、吹万等南社诸公，痛饮十日；然后向千山万山之外，听风望月，亦足以稍慰飘零。亚子其亦有世外之思否耶？震生兄已内渡，相会未？

不慧曼殊顶礼

亚子足下：

前有数函奉寄，妥收未？道兄今日首途内渡，瑛以校事未了，故弗能同行；当于廿外检燕尾乌衣典去，然后启行耳。正月十旬，可抵沪渎，听亚子为野衲说销魂偈，其乐何极也！三月须东行，未知亚子愿伴野僧云游否耶？

瑛顿首顿首

十四日

注：柳亚子（1887—1958），子安如，号亚庐，别号亚子，江苏吴江人。创办并主持南社。曾任孙中山总统府秘书，中国国民党中央监察委员、上海通

志馆馆长。“四一二”政变后，被通缉，逃往日本。1928 年回国，进行反蒋活动。抗日战争时期，与宋庆龄、何香凝等从事抗日民主活动，曾任中国国民党革命委员会中央常务委员兼监察委员会主席、三民主义同志联合会中央常务理事，中国民主同盟中央执行委员。1949 年，出席中国人民政治协商会议第一届全体会议。新中国成立后，曾历任中央人民政府委员、全国人大常委会委员。

* * * * *

与默君女士书

默君女士鉴：

曩羁秣陵，偶以他缘，未便奉谒，至今怃然。尊翁亦十余年阔别，都弗闻动定，思念不置。乞见赐数行，慰此驰想。

曼叩

注：张默君（1883—1965），字漱芳，乳名宝螭，出生时父亲以光大汉族之意取名“昭汉”，曾用笔名涵秋、大雄、墨君、穆素等，是近代南社重要的女革命家、诗人，早年加入同盟会。一生重女权、兴学办报，积极从事教育改革事业，一生笔耕不辍，其诗歌创作具有典型性，多以弘扬民主思想为主题。1911 年，同盟会发起第十次武装起义即广州起义，革命失败后，默君奋起著文，其《吊黄花岗》云：“寥天碑雨洗南冥，花落花开万古馨。大汉鬼雄七十二，精魂直欲走雷霆。”

* * * * *

与叶楚伧柳亚子朱少屏书（一）

楚伧亚子少屏三公无恙否？别后蜷卧舟中，今晨抵长崎始觉，不图疲倦至于斯极也。晚上趁急行车，后日二时，可以宁家。沿道柳眼花须，各无聊赖，小住弥月即归。“天涯无处无风雨”，海上故人，毋以为念。

曼殊书于红烧牛肉、鸡片、黄鱼之畔

注：叶叶（1887—1946），原名宗源，字卓书，号楚伧，别号小凤，江苏苏州人。著名的南社诗人，国民党官僚，政治活动家。曾在汕头参加《中华新报》，从事新闻工作。1909 年春，正式加入同盟会。1910 年参加了陈去病、柳亚子等人组织的“南社”。1946 年在上海病逝，终年 60 岁，公葬于苏州木渎灵岩山。

* * * * *

与叶楚伧柳亚子朱少屏书（二）

舟过长崎，曾有数行奉寄，收到未？比来兴致何似？近日腹中寒冱，生洞泄之疾，久未修笺道念，恕之。旧游云散，旅况无聊；日往坊间搜罗欧人诗集，幸得四种，稍慰寥寂。月杪束装归去，织女渡河之后，须重来江户。是间尚御薄绵，遥知公等正消受桃花扇底之风也。

曼殊合十

注：朱少屏（1882—1942），名葆康，字少屏，后以字行。上海人。朱少屏在抗日战争时期是中国驻马尼拉总领馆的领事。珍珠港事件后，日军占领马尼拉，强迫中国总领馆敦促重庆政府对日“媾和”和宣布承认南京汪精卫的伪政府，还要求总领馆组织华侨为日本当局筹集巨额捐款。中国总领馆对日本的无理要求一一严词拒绝，8 名外交官没有一人屈从。日军恼羞成怒，把他们抓起来施以酷刑，最后集体杀害。1947 年 7 月 7 日，其遗骸运回国内，安葬在南京。他的女儿朱青参加新四军，投身抗日斗争，后来与丈夫田进双双成为新中国的外交官。

* * * * *

与邵元冲书

两辱手示，深以为慰。吾公行后，诸人仍在内务府行走，余即静坐终日，心知是病非禅。海上故人，别来何似；秋风又一度矣。棠姬淑媚无伦，阿崔已亭亭玉立，似盛思阁下也。信四封奉转，望察收。阁下如不得志，还来就赤松子游，是间亦不少明眸善睐之人，可与晤言也。

王昌顿首

七月十八日

注：邵元冲（1890—1936），字翼如，浙江省绍兴人，清光绪二十九年（1903）中秀才。清光绪三十二年（1906）加入同盟会。民国 25 年（1936）12 月初，应蒋介石电召去西安。12 月 12 日，张学良、杨虎城发动西安事变时，从西京招待所跳窗逃遁，被士兵开枪击伤，两天后卒于医院。著有《各国革命史略》《孙文主义总论》《西北揽胜》《邵元冲日记》等。

* * * * *

与邓孟硕书

孟君侍者：

别去四月，积愫累悕，云何不感。聊接两笺，敬悉燕居清暇，冲明在襟，幸甚幸甚。前月卓方伯去后，诸人仍在内务府行走。贱恙较前为佳，然日本虽有名医，又何能起余幽忧之疾？每念天涯游子，不觉泪下。燕君远讬异国，起居复何如也？欧洲大乱平定之后，吾当振锡西巡，一吊拜伦之墓，未识彼时孟君能会我于山寺中否？附去卓方伯一函，乞察收。国事自有佛在，余无言说。君有奇遇，幸相告也。

宋玉诚惶诚恐

宣统六年八月十九日

注：邓家彦（1883—1966），广西桂林人。字孟硕。早年留学日本。1905年，加入中国同盟会，1912年任临时参议院议员。袁世凯窃取临时大总统后，在上海创办《中华民报》，反对袁世凯专制独裁，一度被捕入狱。1914年夏留学美国，入哥伦比亚大学，1916年回国。1966年3月18日因积劳成疾，病逝于台北荣民总医院，享年84岁，安葬于台北士林两广公墓。

* * * * *

与郑桐荪柳亚子书

桐荪亚子两兄：

福履多豫，幸甚幸甚。吾患肺炎几一月，昨日始来东京，寄食城外小庙。闻伯华先生尚居神田，但不知其地址。前闻桐兄赴美利坚国，阿傅赴杂港，然否？湘四、秦筝、阿崔诸人，何以不能安贫乐潜也？小园嘉树列植，足以流盼，时解衣觅虫，放于地上；有侏儒亦于发中么出一虱，强谓余过彼。余言："余之虱自身上，色白，子之虱自头上，色黑；何强加余以过？"侏儒虽语塞，然吾是弱国之民，无颜以居，无心以宁，亚子岂知我愁欢耶？近发明一事，以中华腐乳涂面包，又何让外洋痴司牛油哉！牛乳不可多饮，西人性类牛，即此故。吾病愈归广东。体中何如？善保元吉。

孝穆再拜

三月二十二日

注：郑桐荪（1887—1963），名之蕃，号桐荪，郑佩宜兄，盛泽镇人。早年肄业于上海震旦大学，清光绪三十四年（1908）赴美留学，毕业于康奈尔大学数学系。著有《吴梅村诗笺释》《宋词简评》等，1963年10月因肺炎病逝于清华园。

* * * * *

与刘半农书

半农先生：

来示过誉，诚惶诚恐。所记固属子虚，望先生不必问也。杂志第三本如已出版，望即日赐寄一份，因仲子北行，无由索阅。尊撰灵秀罕俦，令人神往。不慧正如图腾社会中人，无足为先生道也。近日病少除，《书人鬼记》已得千余字；异日先生如见之，亦不必问也。“达吐”似尝见诸《梵语杂名》，此书未携归，因不能遽答。西域术语，或神秘之名，即查泰西字书，不啻求马于唐市。尝见先生记拜伦事，甚盛甚盛。不慧会见一书，名 *With Byron in Italy*，记拜伦事最为详细，未知沪上书坊有之否耳？先生明春来游，甚佳。比来湖上欲雪，气候较沪上倍寒，舍闭门吸吕宋烟之外，无他情趣之事。若在开春，则绿波红槛间，颇有窥帘之盛。日来本拟过沪一行，畏寒而止。匆匆此覆，敬叩撰安。

昙鸾再拜

半公足下：

惠寄杂志，甚感。《拜伦记》得细读一通，知吾公亦多情人也。不慧比来胸膈时时作痛，神经纷乱，只好垂纶湖畔；甚望吾公能早来也。朗生兄时相聚首否？彼亦缠绵悱恻之人，见时乞为不慧道念，雪茄当足一月之用，故仍无过沪之期。暇时寄我数言，以慰岑寂。

玄瑛顿首顿首

古历十一月二十三日

注：刘半农（1891—1934），原名刘寿彭，改名刘复；字半侬、瓣秾、

半农，号曲庵。江苏江阴人，是“五四”新文化运动的先驱之一。著名的文学家、语言学家、教育家，是我国语言及摄影理论奠基人。他的《汉语字声实验录》荣获“康士坦丁语言学专奖”，是我国第一个获此国际大奖的语言学家。1911年曾参加辛亥革命。1917年到北京大学任法科预科教授，并参与《新青年》的编辑工作。1920年到英国伦敦大学学习实验语音学，1921年夏转入法国巴黎大学学习。1925年获得法国国家文学博士学位，所著《汉语字声实验录》，荣获法国康士坦丁·伏尔内语言学专奖。1925年秋回国，任北京大学国文系教授，讲授语音学。与蔡元培、胡适、陈独秀、李大钊、钱玄同、鲁迅、周作人、苏曼殊、赵元任、傅斯年、徐志摩、赛金花等人交往甚笃；在戏曲、摄影、藏书、诗歌、音律等方面有精深的研究。

脱离轨道的星球

创造社张资平

时间：1893—1959

一

汕头，轮船码头。

货轮的汽笛发出嘶哑的鸣叫，船尾开始翻腾波浪，在人声鼎沸中开离码头，拖着长长的白练，沉重地向远方驶去。

船上的离人，挥泪向码头摇手作别。倏忽间，远远地，一个黑点，从天际出现，向这边驶来。码头上的人们又骚动起米："又来啦！又有船来啦！""怕不是吧？南洋来的船，比这个大呀！""这么远，你怎么能看出大小来呢？""我看不像！"……

人们议论着，眼睛几乎全盯着那个越驶越近的黑点。焦渴的眼神，是希望，是期待，是思念。

这班船，给亲人载来新的希望。波涛拍打着岸边的礁石，激起雪花一样的泡沫。饿了一天的人，坐在码头简陋的候船棚子里，操着潮汕口音交谈着，有诉说自己对身在异乡亲人的祈望的，也有倾吐自己将要乘船远去他乡心情的。而在这班船上，回来与家人团聚的劳工，翘首望见远远海岸，也是百感交集，不住地抹着眼泪。

人们等过一班又一班船，那焦灼的心，就像一块烧红的铁，在失望的铁锤下锻打，一次次越打越硬挺。

焦灼的人群中，一个来自梅县的老实农民，姓张，叫什么名字，已经很少有人记得了，他就是现代著名作家张资平的祖父，老人家已经在这里等候儿子大半天了。

他放自己的儿子去南洋打工，没跟老伴商量，老伴又是哭又是数落："你就舍得让他一人这样出远门，连送也不送一程……"就在儿子动身后两天，他决定搭乘篷船到海口（岸）的汕头去。兴许儿子还在那，能赶上见一面。这时老伴又不同意，说你这把老骨头只身外出，要坐好几天的篷船，累病了怎么办？但老人家执意要去送儿子一程，不然会留下遗憾。令老人兴奋的是，船一到汕头，正好见着儿子。他乡异地，父子相见，分外惊喜。想起儿子即将过番（下南洋），万般艰难，难以预测，父亲心酸难忍，老泪禁不住扑簌簌掉下来。

"孩子，本来今年秋应该让你到省里考学校的，不过家计这样紧迫，而我又老了，没有办法……"父亲哽咽着，说不下去。

"爹，你别难过，我这次过番，说不定会挣很多钱，也许比考科更好。有了钱，我回来好好孝敬您！"听到儿子这话，父亲更是哭得泪人一般。

张家高祖原本是个殷实之家，在广州开了一家绸缎庄，由嘉庆至道光这段时期，也算是广州的百万之家，相当于今日的千万还多。高祖在乡下买田三百亩，并建造了一座大厦，叫留余堂，还在城中开了两间当铺。留余堂很气派，共有三堂六幢，那时在广东，以多少堂多少幢说明房屋的大小宽窄。一般是两堂两幢，到三堂四幢，就很了不得，极其豪华了。不过，留余堂实际并没有那样大，最外侧两幢是假的，也叫假六幢。所谓假，就是以门楼、亭子这类装饰性建筑替代，不作实际使用面积。这是南方一些地方建筑的特点。

清光绪二十年（1894），由于商业和手工业的发展，佃户的生活已经朝不保夕，农业生产也日渐衰微，留余堂这个殷实之家，难免中道衰落。

农村开始有了摇会和当会，也就是典押行业，堪称当时的金融机构。这种农业经济模式，是商品社会发展的必然产物。摇会是当地土豪劣绅把持着，而当铺，也是榨取农民血汗的黑铺，这是当时农村的两只黑手，紧攥着农民的生路。为了活命，贫苦的农民把祖传的家业送去典当，典当期限是三年，利率二分，时间长，利率高，只能使农民一天比一天贫困、衰败。

在这种经济形势下，迫于生计，很多人只好过番（跑南洋），去给洋人开荒种地、开矿、挑锡泥、做锡器、拖车、打苦工。张家在这个时期，已经穷得和一般农民无二样，囿于封建的陈规陋习，儿子不敢去经商或给人家做工，无奈之下决定远走南洋。其实父亲很舍不得儿子过番去。在汕头，父子相见，心里十分痛苦，矛盾不胜依依。

儿子认为，不走是不行的。他强忍悲泪，将父亲护送到潮州，安顿好以后，又转回到了汕头，打听去南洋的船期。

但他早上离开潮州，晚上老人家又赶到了汕头。

父子再次在汕头相聚，儿子心里涌起一阵莫名的忧虑和哀愁，父亲老了！他心里一阵酸楚，眼泪又不住地流下。他只好说："您回去吧，我去南洋，多则两年，少则一年，就会回来的，如果混得好，我会常回来看您。声儿（张资平）还小，您多照应些，我们就指望他了！"他知道，张家的崛起，得指靠声儿，让他多读些书，参加科考，中个状元，张家总不会一蹶不振的吧。……说到这里，老人强忍眼泪，点点头，机械地挥挥手，叫儿子放心走……

儿子又一次把父亲送回潮州，就急急忙忙赶回汕头，上了去暹罗（泰国）的大船，到南洋去了。他哪里知道，他在往南洋的船上时，父亲第三次赶到了汕头，站在海边，老泪纵横。

一声汽笛，把老人家从沉思中唤醒："儿子走了，走了……我见不到他了……"一个浪头，打在他的脚下，像碎玻璃片散开，他朝天际看去，有几朵白云，很好看，几只鸥鸟在叫，扑打着翅膀，在海面飞旋。

二

张资平，原名张星仪，又名张秉声，1893 年 5 月 24 日出生在广东梅县东厢堡三坑约留余堂。祖先是一个富贾，他出生的时候，家道已经不复当年的豪华气派。

他的父亲去南洋打工时，也许是冥冥中感应到以后不能再见面，祖父一连三次赶到汕头送别儿子。也就在那年 10 月 22 日，老人家离开了人世。而张资平的父亲还远在南洋，正由暹罗赴苏门答腊，并经由苏门答腊转赴大霹雳，行踪飘忽，得不到家中一丁点消息，当然也不知道老人家的噩耗。一直到两个月后，才辗转接到家信。当他匆匆赶到家中时，已是腊月下旬了。

按客家的规矩，丧礼应该是隆重的。要扎灵堂，做道场，请来鼓乐班子唱夜歌。还要买河水为亡者沐浴。即由亡者的亲人（没有亲人的由村里人代替）披麻戴孝，提着水桶，一路走一路哭，到梅河边摆上祭坛，点燃香烛，燃放鞭炮，祭拜河神，并向河中抛撒铜钱。接着就用水瓢顺着河水流的方向舀一瓢水倒入桶里。每人只能舀一瓢水，要顺着水流舀，不能逆水舀。买了河神的水，提回灵堂去，一路上便不能再哭泣。这水是要给亡者沐浴净身的。

此外，要用三牲（猪羊鸡）作祭品；点燃香烛，燃放鞭炮；子媳儿孙，通宵守灵。还得请风水先生看好墓地……全村人都不请自来，吃哀饭，也叫“吃烂肉”，三天不分大小；和尚做完法事，风水先生看完风水，也不马上离开，要住上几天，吃上几天，叫作“人死饭甑开”。这样算下来，得花销很多的钱财。原指望父亲从南洋回来，或许有点办法，但他在南洋辗转半年有余，并没有挣得多少钱，除旅费外，只带回银币两百余枚，根本不够治丧及安葬的开销。而且天时也不济，那几年干旱，几乎不见一点雨水，年成大受影响，继之而来的是饥荒。“家中所有完全典卖尽了。一天两顿的稀饭，差不多都难继续下去。”（张资平《脱了轨道的星球》）

第二年下半年，父亲决定不再过番，就在离家不远的廖屋岗开蒙塾。

廖屋岗是个小村落，有不少农民子弟很需要文化，但又没有人教。这个信息是邻村一位渔师兼泥水匠的阿洪哥提供的。阿洪哥也姓张，他肯热情帮助父亲，是因为为祖父筑坟时，父亲请他当副工头，给他三十多块工钱，他非常感激，所以当得知父亲要开蒙塾，他便极力推荐廖屋岗这个村落，并且积极帮着拉生源。父亲也看好廖屋村这个地方，决定就在这里开蒙塾。

张资平的父亲是个秀才，为人敦厚仁慈，人脉很好。加上当地农民总认为秀才的学问比老童生好，所以蒙塾一开，就有几十名学生报名，合计他们的束脩，共有五十多元。

三

张资平自幼受到父亲良好教育，进步很快。他回忆学习数学的情况，是这样写的：

我有一位堂兄进了美国人的教会学校（广益学校），他们的教科书用《笔算数学》，是由上海广学会出版，好像是美国牧师傅兰雅译的。父亲把他们的书借来读了一遍就学会了公约数、分数、小数等新的计算方法。在《笔算数学》里面称分数为“命分”。至于比例和开方等，原是我父亲所晓得的。于是父亲立即改良了旧日的计演算法，而采用新式的计演算法。譬如在《演算法统宗》里面有一个算题是：“东村长女隔三朝。六日西村女到。小女南乡路远，依然七日一遭。何朝齐至香醪，请问英贤回报。”我最初觉得这个题目不容易算，后来发现了公约数的方法，给我算出来后，父亲当时真有无限的喜悦。

——张资平《脱了轨道的星球》

张资平的父亲是个很能动脑子的人，在教学方法上，从不囿于一法，善于吸取新的思想、新的见解，不断充实自己，不断更新和改良，这一点，对张资平产生了很大的影响。

光绪三十二年（1906），张资平开始进广益学校学英文了。他认为“这又是值得我去纪念的一年”。

他由几个先进广益学校的堂兄弟领着去拜见教会的两位美国牧师，一个叫 Whitman，一个名叫 Giffin。对黄发碧眼高鼻梁的外国人，乡下人是敬而远之的，而对于洋教则视为异端，士绅子弟很少愿意去吃这碗“洋教饭”，而肯进这种“洋学堂”的，大都是些穷苦农民的子弟。一方面，因为受当地士绅的欺压，进了“洋学堂”，可以仰仗洋人的庇护；另一方面，教会对就读学生，有一定的生活补贴，学费也收得不高。只是要求学生接受洗礼，唱赞美诗，当然也得信教。张资平进教会学堂，牧师当然是十二分欢迎，也不要求他马上就信教，条件放得很宽，其实是借张资平做个“广告”，以吸引富绅子弟。

张资平没有想到，一个星期后，他的父亲也被聘用到广益学校教中文，工资是每月6元大洋，合计一年有72元。比起廖屋岗的蒙塾来，当然是好比从糠箩里跳进米箩里，令其他村里的蒙师们羡慕。这消息传到那些守旧的遗老耳中，不免议论纷纷：

“听说，在廖屋岗教蒙塾的张先生，被洋人请去教国文了？”

“我昨天也听说了。”

“那不是替洋人干事吗？”

“可不是！放着好好的蒙塾不教，去跟洋人的屁股，去吃洋教！没出息！”

“那，那不是洋、洋奴吗？”

“哼！”

……

而张资平了解父亲，听到这些闲言碎语，很为父亲抱不平。他知道父亲不会“吃洋教”，更不是“洋奴”，父亲一身硬骨头，一直不同意儿子领洗礼，参加教会，只同意进广益学堂学点英文。他自己，决不会去跟着洋人屁股跑。

在张资平眼里，父亲是他一生中最可敬的人。母亲去世早，母亲是个什么样的女性，张资平一无所知。想问父亲，又怕触痛他的心。从小由父亲抚养长大的张资平，五岁就开始读书，父亲就是他的老师，白天教他读书，晚上陪他睡觉。父亲剪了许多纸片，写上单字教资平认，还教些声律知识，到九岁时已经能读《小雅》了。他记得，几年前，父亲去南洋之前，把他送到一间族人开的蒙塾去读书，还为他准备了《大雅》《梁惠王》《离娄》《公孙丑》，但是那个蒙塾教法死板，读死书，张资平感到很孤独，想念父亲想到落泪……祖父死后，父亲回来教蒙塾，张资平欢天喜地，又回到父亲身边。张资平对父亲是深有感情的，他说，父亲之于我，既是老师，也是朋友。

张资平除了学英语外，对另外三种功课也有浓厚兴趣，一是Whitman先生的算术课，二是Giffin先生的英文课，用的教本是岭南大学出版的*Beginning English*，再就是Giffin的夫人的音乐课，在她那儿，张资平学到了乐谱知识，如clef，bar，sharp，flat。后来，Whitman先生走了，回美国去了，他的数学课就由张资平的父亲兼代。张资平记得，“我的父亲一天两角钱的薪水，每天一早要赶三里多的路程来学校里上课，下午又要到Giffin牧师家里教他们夫妻学中国话。在那时候，我父亲的劳力是这样浪费了的”。到第二年，父亲才加了一点薪水，由六元增至七元，并且有附加条件，那就是加兼一至三年级的地理。张资平很为父亲抱不平，认为父亲这样辛苦，工资待遇又这样低，非常不合算。

四

张资平的同辈堂兄弟有四十余人，他们常常聚在一起聊天、打牙祭。有时用花生下酒，有时下村口的面馆吃夜宵，钱不够就凑份子，将身上的铜板都掏出来。身上没带钱的，就回家向母亲要。

每到这个时候，张资平就伤感起来。他没有母亲，在这个世上，只有父亲和祖母是他最亲近的人。而父亲又很穷，每月七元大洋的薪水，要养活一家人，张资平渐渐感到自己身上的压力和责任，同时也感到自悲。由于经济的拮据，年少的张资平想买书、想做件长衫，都很困难，他开始过早地承受生活的压力，变得郁郁寡欢。

父亲却是我的知己。我在那时候，真想出省城去进学，这个目的如能达到，那我便可以压倒在县城官立中学念书的堂兄弟们了。因为当时的风气是在县城的人，每星期回来一次，很得村人的看重。但在省城进学的人，每学期回来一次，更能博得村人的尊敬，故我无一天不梦想出省城念书。

——张资平《脱了轨道的星球》

“想去省城读书，我当然是很赞成的。但要很多的钱，我们拿不出的。不过，你得把语文学好，字写好一点，等我有钱的时候，就送你去省里考法政学校。”父亲告诉张资平，不通文墨是混不到好饭碗的。

父亲的话，尽管只是一种愿望，但对张资平来说，也是一种鼓励。希望总是有的，张资平想，语文要学好并不难，法政学校只考语文一科，就看作文写得好不好。但字要写得好，要工整、清秀，书写潦草的卷子，考官是连看也不看的。至于高等学校、高等师范、高等实业学校，对数理化要求很严，张资平心里清楚，仅语文一科，他也要下不少功夫才行。

父亲的意思，是让资平在广益学校读满四年，好歹也算高小毕业，能领一张文凭，再去省里或东山初级师范报考，但也要视经济状况而定。

1910年，张资平在父亲的辛苦努力下，到省里测绘学堂报考。父亲为儿子能有这样的机会报考省里的学堂而欣喜万分，筹足了二十元钱（大洋十二元，双龙毫二十只，单龙毫四十只，香港五仙银币二十只），父亲考虑好了，这些钱，大洋的一部分用于住店，双龙毫用于途经香港和到省城后的零星花费，单龙毫和五仙银币是沿途杂用。因为父亲到南洋去的时候，曾在汕头逗留过，对汕头的情形，略有了解，到汕头后如何住店、买票，到香港后又怎样上岸转搭省渡，到省城后又应当如何，都细细地叮嘱儿子。

这一夜，张资平辗转反侧，难以入睡，就着昏黄的煤油灯光，拿出一本书来，读到深夜。

五

三坑约地方不大，消息传播很快，在绿树掩映的小村庄里，一有风吹草动，就像平静的水面掉下一块石子儿，立即荡起一圈一圈的涟漪，辐射开去。

张资平要到省里去读书啦，这个消息给小村庄带来喜悦，也带来信息：张家又出了“角色”，留余堂没有中衰，好种究竟是好种；三坑约在这块地头上，兴许还有更多的娃子进省里读书，不会下南洋，一辈子这么穷下去的。

许多叔伯叔母都很高兴，一早见到张资平，就抹着高兴的泪水，说：“星仪，要到省里去赶考?”“星仪呀，你真不错啊，小小年纪，就一个人到省里考学校了!”堂兄弟姐妹也说：“星仪哥，你到省里考什么学校?”“我知道，听说是测绘学校，是吧，星仪哥?”

张资平并不说话，只是报以微笑。

这时候，张资平的内心很复杂，他回忆道：

我当时只是感到一种紧张，完全没有悲喜之念。这时候的情绪，恐怕是有些像临出发时的兵士的吧。到前线时，或生或死，谁也不能预料。但在出发之前，兵士的精神，都是有些像由前线胜利回来了般的。在外表，我虽然是在矜持着，但在内里，却是感着几分得意。自己就像已经变为一个测绘学校的学生了。

父亲的鼓励，使这个勇敢的“兵士”雄赳赳地踏上了征程。

一大早，县城南门外罗屋码头，父亲给张资平送行。行李很简单，只有一只皮箱和一个背包。父亲说，这都是祖父当年赶科考的行头。

父亲递给他一包绿荷包（裹粽），是祖母送的，还有一包点心。

“这是什么?”

“给你路上吃的，是广东有名的老婆饼，买来的时候，还是热的呢!”

张资平还是第一次听到这个名字，忍不住笑了。

梅河浩荡，在梅县这个小县城静静流淌，太阳还未出来，早已将满天的云彩照耀得火一般红。秋高气爽，晨风拂面，河面波光粼粼，远处传来艄公的歌声：

丑人自有丑人缘，莫话丑人不值钱。

十字街头买犁臂，越扭越歪越抵钱。

……

父亲的脸上，洋溢着难得一见的笑意。“很久没有听到客家山歌了!”他喃喃地自语。

“好像是情歌。”张资平说。

父亲今天特意穿着一件浅蓝色的长衫，洗了几次水，快转成白色的了，这是他不常穿的一件长衫。在张资平的眼里，父亲慈祥、高大。长衫在风中飘动，更加显出他的儒雅风度。他把张资平送上篷船，然后上岸，慢慢走到罗屋码头的石阶上，看着篷船解缆，顺着水势向下游行驶。船夫吆喝着，船舵发出吱吱的响声。

张资平坐在船尾的左舷上，目不转睛地向父亲看着，直至码头石阶上那个白点渐渐地消失。一种四顾无依的漂泊感袭上心头，离别父亲，他心里一酸，眼泪流了出来。

经过潮汕，又经由香港转广州，张资平按父亲的嘱咐，一路也算平安。他很俭省，住店、坐船、吃饭甚至用水（早上洗脸用热水要收费，他就用冷水）都是按最低标准，不乱花一毫钱。在船上，帆布床和毛毡都是要花钱租用的，他舍不得，就和衣而睡，鞋也不用脱，多亏在路上结识的同伴借给他一张毛毡。他的数学好，会计算，一路上算了用，用了又算，尽量节省，并且记下来，写信告诉父亲。

张资平找到了广州流水井的张氏家塾，这是张家高祖在广州的遗产，在这里他见到了从堂兄仲仪（堂兄耀仪的嫡兄弟）。张资平对这个从堂兄很佩服，他刻苦读书，考进学校，后来又进了广东省的蚕桑学校，靠卖文为生，不要家里寄学费。

仲哥很忙，满头大汗，张资平向他作了一个揖，这个举动，却把仲仪逗笑了。

“星仪弟，你一个人出来的吗？没有同伴？”

张资平把一路上如何辗转，如何结交旅伴，概略地讲给仲仪听，仲仪很高兴，勉励他说：“星弟，你真不简单，难为你了，你的责任很不小啊！”

张资平穿得很厚实，蓝色的长衫、黄棉布的短褂、贴身的侧衾的白洋布短褂，现下广州很热了，他还穿那么多，完全是谨遵父亲的嘱咐，在旅途中宁可穿多些，免得变天受凉，身体吃亏。

张资平洗了一个脸，但觉得周身腻腻的，便把身上的长袍短褂脱下，用毛巾去擦胸脯。这一擦，周身的油污、灰尘，变成一条条黑色的垢物掉下来，再转手去擦背部，同样一擦一条条，愈擦觉得愈多，面盆里的水一会儿就变黑了。张资平想，几天的奔波，又是烟又是灰，身上又有汗水油脂分泌出来，自然是会被污垢包裹了，不用肥皂好好洗个澡是不能弄得干净的。

正午时分，张资平才发现，寄住在这张氏祠堂的，还有一些学生，虽然穿着不同，但都比他穿得讲究，有穿干纱长衫的，有穿白竹布长衫的，也有穿短褂戴着白色军帽的……各人手中都拿着书本、讲义、作业、墨水匣及毛笔等，一副专注的样子。他们一来，古堡似的祠堂就有了生气，一下子就热闹起来了。

张资平惊诧之余，不禁自惭形秽。从穿着上看，他们都已经换季，早已脱去厚厚的冬装，一身轻衣短褂，透露出一种春天的活力，自己却还穿着深蓝色的长衫，倒像个土头土脑的乡下佬，光从衣着上，就有一道无形的鸿沟。他想起祖母的话："先敬衣服后敬人。"真是很有道理。

他们都很友好，笑着向他点头招呼，有的还说着熟悉的客家话。

他见耀仪哥走来，上前叫一声耀哥，并弯腰作揖。但耀仪不像仲仪也作揖还礼，只是用手中黑色的小折扇摇了摇，叫他不要多礼。

吃过晚饭，洗过澡，耀仪邀张资平去逛惠爱大街。他告诉张资平："到了省城，与乡下不同，要结交各种人，要讲究文雅，注意仪表。你身上的蓝布长衫不能穿了，实在很土气，不合时宜，你跟我到一家成衣店去，缝一件白竹纱长衫，把身上的衣服换换。"

"几家洋货公司的陈列窗引起了我这个村童的注意。"在一家成衣店，"定做了一件价值十一角钱的竹纱长衫，交了一个团龙双毫光绪元宝做定钱。在回寓的途中，又买了一个价值两角钱的小洋瓷面盆，这是每天不能缺的用品，所以也决意买了"。

回到寓里，张资平给父亲写信，报告一路用了多少旅费，并告诉父亲，自己定做了一件白竹长衫还买了一个小洋瓷面盆，并说明这些都是必需的，也是一件大事。

六

张资平赶到考场时，还没有很多人，他便独自琢磨这场考试会出什么样的题目？是"今有一物，不胫而走，不翼而飞……"，还是写一篇论铁路的文章？他脑子里开始写卷，如何发挥，如何弄一个豹尾，出其不意，来点唱叹，一定可以使阅卷先生击节……

九点一到，开始点名。大约点过很多人名，他才听到“张资平!”他赶紧应声“有!”心里突突地跳。张资平去台前领了一本试卷，按厅号找到了座位。

考试开始了。先是进来一个穿军服戴军帽的人，大概是个教官之类的角色。他捻着粉笔，在黑板上大书了四个大字——禁止喧哗。其实考场里并没有人喧哗，他这一写，考生们都噤若寒蝉，连大气也不敢出。接着，一个穿干纱长衫的留着辫子的老先生走上讲台。他手里拿着一张纸，说了几句话，便转身将黑板上的那四个大字擦掉，写道：

南半球大陆位于热带，北半球大陆位于温带，故南半球不及北半球之发达。然，亚与欧美同处温带，而亚洲又不及欧美之发达，能言其故欤?

这就是考题了。

从题面上看，似乎不很难，张资平认为南半球不及北半球发达的原因，应归之于交通的不发达和强邻迫处、虎视鹰瞵的竞争等。亚洲之所以不发达，完全是因为地势使然，即屏障天然闭关自守，故文化科技落后。这个认识，说得是对的，他在文章最后还附上一句“所见如此，敢质之高明以为如何”，以结束这篇论文。

老实说，他自己对这次考试没有十足的把握，他在书写和作文方面，都不及数学，尤其不如同乡的几位考生，倘不是因体检不合格，被淘汰出局，在这场考试中，他很可能不是他们的对手。

一星期后，放榜了，张资平名列第三十三。但他高兴不起来，因为几天之后，还要参加一次复试，复试的结果会如何，他心中没有把握。他明白，初试的录取，有很大的侥幸成分。

到了复试那天，他比较镇静，显然没有初试那么紧张。就像打过一次仗的士兵，已经不惧怕战场。

复试的题目：萧何入关先收图籍论。

他一看这题目，便傻眼了，什么是图籍？图籍是否与测绘有关系？既然不明白，也就不好破题。

他冥思苦想，举着毛笔，不知从何下手。不像人家，早已疾书如飞，渐入佳境了。无可奈何，只得先将图籍之重要写上，再写萧何的见识，以及汉高祖所以统一天下。草草敷衍，很快交了卷，回到流水井时，还不到一点钟。

同房的一位老学者，想必也是寄宿在此，他问张资平考得怎样？是何题目？张资平不好意思说，只把题目告诉了他。

“图籍就是一个地方的地图和户籍，要建立一个富强的国家，要清楚地了解全国的疆域和人口情况，贫富情况，多少男，多少女，多少老弱，多少田亩，以及多少牲口和粮草，这样就可以‘兵起而胜敌，按兵而国富’。所以，萧何的不同凡响，就在刘邦打进咸阳后，很多将士争着进入富户人家，搜集金银财宝，而他却直奔秦土官府，尽收御史律令图书，也就是图籍，收藏起来。这在《汉书》里都有记载的。”老学者说完，端起茶杯，喝了一口水。

“秦的户籍制度，是当时行政管理的一个进步，可以了解生息，可以掌握和征收田租、赋税、徭役、兵役，可以防范盗贼，为统一中原，提供了保证。萧何是很懂得这一点的，所以他宁可不要金银财帛，也不要六经四书，而专注于图籍，因为他要治理国家呀！所谓汉承秦制，就是这个道理。”张资平听这么一说，知道自己这回八成是考砸了，心里老大不安。而对老先生，他非常敬佩，真是学富五车呀。难怪有人说“听君一席话，胜读十年书”，虽然考得不好，回来总算补了一课。

老学者姓李，松口人，在提学使衙门里当录事。“你不怕的，你们张家风水好，将门之子，一定能考上的!”他恭维道。

张资平心里清楚，如果这样名落孙山，回到乡下去，很没面子，无论如何，也得找条出路。

李先生无意中谈到自己的儿子，在新兵营里当号手，每月六元薪金。张资平想，当号手也比落榜强，花了父亲千辛万苦筹来的二三十元，一无所获，怎么去见江东父老!

“这个兵营招考吗?”

“听说不久要招考了。并不难，略通文墨就行啦，当然也有体检的。”

张资平想好了，测绘学校如果落选，就去考号手。

“黄埔陆军小学不是也在招考吗? 进测绘学校不如进陆军小学好，陆军有前途，天下将要大乱了，正需军人。”

听到这里，张资平愕然。

李先生目光炯炯，打着手势，分析了国家形势，揭露官场的种种腐败，人民饥寒无告，正是一家笑一路哭的情形。西太后昏庸无道，还拿海军军费数百万去修颐和园，……一个这样的女性出来干涉国事，那种政治便是末日的前兆。他伸出左手，叉开五个指头，说:“五年，五年之内必有战乱，革命就要起来了。”

张资平感到震撼，耳边有如电闪雷鸣，李先生真是洞明世事，满腹经纶，使他获益匪浅。但那个时候的年轻人，哪有这般忧患意识! 都在奔出人头地!

那时候，省里最让人羡慕的是设在广雅书院的高等学校，为京师大学的预科。第二是法政学堂，这是培养政法官的场所，第三是高级师范，第四是外语学堂。经过这些学堂出来，才算正途出身，才能获得朝廷的功名。像张资平这样家计清贫的青年，想拿出五年多的学费，去获得一个举人的功名，是不现实的，他们也不奢望那些个空衔。只图考一个免费的、学点专业知识，天下再乱，也得薄技在身，日后可以在社会上揾食就满足了。

……

这次考测绘学校，张资平的预感是准确的，他没有考上，榜上无名。他颓然地回到流水井，耀仪惯于冷嘲热讽，只有李先生看出他的心情：“考不进测绘学校有什么了不得的！失败乃成功之母，你这样年轻，身体又这样好，考黄埔陆军小学去吧！”他微笑着，炯炯有神的眼睛，透过老花镜片，看着一脸颓丧的张资平。

张资平想，退路是没有了，这样子回去无法交代，只好背水一战。问道：“考陆军小学的人多不多?”

“当然多啊。”

“是不是比测绘学校更难考呢?”

“天下无难事，只怕有心人，考试也和买彩票一样，有几个是中彩的？你以为考上的人，个个都是考得很好的吗？不是的!”

张资平想：“竞争不激烈的学校，我的经济能力不容许我进去，而官费的学校，竞争又那样的激烈，不容易考进去，养尊处优，每日唯他的太太，由堂子班出身的名小青青的女人之言是从的袁树勋制台和有麻雀大王之称的提学使沈曾桐，又不替我们这类被压迫的小民想想救济的办法，那么，我只好退让一步去抢那种少人争夺的新兵营里的喇叭手的饭碗了。”

七

张资平决意考兵营的号手，便赶紧写信给父亲，说明去考兵营的打算，还有月薪六十毫，包食住。

他以为父亲一定会同意，读书还有月薪，多好的事呀。

他弄来一只喇叭，每天练习，引来许多围观者，也惊动了耀仪。

“你发什么疯？吵死人咯！”

“我在吹喇叭。”

“你不要想进学堂想出毛病来！”

“学堂第二，第一要有钱！”

他不理会耀仪，他已经看出耀仪并不讲手足情分，处处以长者自居，很傲气，常常以揶揄甚至冷嘲热讽的态度对待他，他长着鹰嘴鼻，同乡考生也说他的面像不好，是个枭雄。

喇叭滴滴答答吹了好多天，腮帮子都吹疼了。

这天吃过早饭，他独自悄悄到燕塘新兵营去投考号手。

“沿着惠爱大街向东行，这是叫我如何的伤心啊。风景如故，心境已非。我由测绘生降格为喇叭手了。我一面叹着气，一面走。在途中有好几次无端地恨起父亲来了。父亲何以这样没出息，不能筹钱给我读书。假如父亲有钱给我，我便投考法政学堂的特别科了。三年之后，毕业出来，不是可以当一名司法官吗？”

出了东大门，过了圆顶塔（dome）的省议会，再往前走，便是黄沙蔽日的笔直的官道。道旁有很多拉生意的黄包车夫，因为坐车太贵，他决定自己走路。经过麻风病收容所前时，一些麻风病人追着向他乞讨，这时他才后悔没有坐车，很多人坐车，可能就是因为能快速通过此处。

好不容易摆脱麻风病人的纠缠，汗流浃背前行，经过金娇墓地，他想起应该去凭吊一下。他听说金娇是广州的一个名妓，在酒楼被一场大火烧死，她的恩客将她葬于息鞭亭后边，于是金娇墓便成为广州的名胜之一。息鞭亭坐西朝东，亭前不长的街道有很多铺面，有卖茶点的，卖酒菜的，还饲养一些动物供游客观赏。在那时，广州很少有自然景观供人憩息，像息鞭亭这样的庭院式景区，自然是个很好的去处。

出了息鞭亭小街，再折向东行，走不远便是沙河，据说发源于白云山。过了沙河桥，又是黄沙蔽日，放眼望去，莽原苍苍，使人联想起李华铁马金戈，想起“一将功成万骨枯”的古战场，苍凉之感袭上心头。莽原的一隅，有一些歪歪倒倒的建筑物，那里面聚居着一些拾荒者。远远地，不时传来缥缈的、有点悲壮的号声，大概那边就是新兵营了。

兵营卫士疑惑地对这个文绉绉的书生上下打量，有点不相信，他会愿意来当吹鼓手。

他不理会这个神气活现的“湘勇”（湖南籍士兵），进了号房。号房里有一张床，一张方桌，两把椅子，还有三个士兵在说笑。坐在方桌边的士兵顺手扔给他一个名册，让他登记，然后伸展四肢，打了一个哈欠。

“这就是朝廷募士！一点也不郑重其事！”他心里很不以为然。

“有三百多人报名了?”

“哪里！不止啊！还有呢!”他又扔过来一本名册，已经密密麻麻登记满了。每册六百名，两册一千二，六名吹鼓手，应募达一千多人！真是很惨啊！

“怎样填写?”

“你学过吹喇叭吗?”

“没有。”

“你在学校里，没有学过吹洋号、打铜鼓吗? 咚咚咚，滴滴答……”

广益学堂哪有这种“爱国教育”“尚武精神”? 投笔从戎，战死沙场，咚咚咚，滴滴答……Whitman 和 Giffin 牧师怎么会教这些呢? 他们只会叫学生唱赞美诗，念阿门。

“既是这样，我劝你还是不要来应考，这些人里面，不知有多少会吹喇叭的，并且吹得相当好，有不少从前还当过喇叭手的!”说着，他拍了拍手里的名册。

听士兵这么一说，张资平从头凉到脚跟，几乎掉下眼泪来，他颤抖着，几乎要蹲下去痛哭。这时，兵营里忽然吹起了喇叭：滴滴答答滴……

“开中饭了!”接着就是一阵勺子敲打搪瓷饭碗的声音。

“填不填?”士兵问。

“我，我试试吧。”

他填好了姓名、地址、籍贯、简历。

“回去吧，有消息就会通知你的。”

“考试的日子还没有定吗?”

“没有定，今天几个，明天又几个，什么考不考的，看中谁就是谁，名额一满就算结束，不通知你来就是没考上啦。”

原来如此，嘿嘿，今天填的册，算是白填了。

八

广州的流水井，成了各县学子们的大本营、给养地，不管怎样紧张劳累，一走进流水井，就像回到了故地，感到轻松和愉悦。张资平对流水井留有深刻的印象，他在以后很多日子里，都还记得这个小小的旧式的建筑。

他怏怏地回到流水井，已是下午两点，满面灰土，想洗把脸，吃点东西，但找不到厨房的阿三妹。他忽然听到外面有敲竹梆的声音，知道是卖馄饨的来了，便吃了一碗馄饨。

阿三妹是个乡下姑娘，在张氏宗祠里当勤杂，做饭烧水。张氏宗祠是“铁打的军营流水的兵”，客人来来去去，从未中断，吃喝拉撒，总得有个打理的人。于是阿三妹就应聘当个小管家，但她年纪不大，十六七岁，只能做做饭和烧烧水。

大概是天气热的缘故吧，阿三妹的双颊像熟苹果般的，比平时可爱了。只是她身材瘦削，颧骨很高，显出她的双颊的凹陷，并且牙齿又疏又小，遂使他陷于一般女性美的水准之下了。不过“十六十七无丑女”，在这样枯燥的祠堂里，同住者个个都围着她来说笑。她变为张氏宗祠的一个 heroine 了。

——张资平《脱了轨道的星球》

阿三妹瘦削的身上，却有一种很纯的青春的跃动，她情感之火的燃烧，是全方位的。她在张资平的身上，也同样用火舌不住地舔他，使他产生一种莫名的冲动，一种诡秘的欲念。

……她说了后，向我瞟了一眼。

……她抱着小娃娃出门时，又瞟了我一眼。

……偶然转过头来，看见她还在痴望着我微笑。

而对这种“表达”，张资平后来反省自己“心太软”。他知道阿三妹喜欢客人打发她上街买东西，好利用这个机会揩油，他便有意“让她揩一点油”，要他去买烧猪肉。

“衰罗！想咽烧猪肉哟!”阿三妹拿了钱，满脸绯红，向他又瞟了一眼，鸟一样飞去了。

结果，晚上吃饭时，这烧猪肉引来大家一阵哄笑。

“我莫名其妙，吃烧猪是一件平常事，有什么可笑呢。耀仪也许是笑我太乡巴佬了，连烧猪都没有吃过。但是，仲仪不该也来笑我啊。”

因为他们在狂笑，由上堂走来许多海陆丰和丰顺的同住者，问有什么事情这样好笑。他们听见后，也都狂笑起来了。有的竟很刻薄地问阿三妹：“佢想咽你的烧猪，系吗?”

“啐!”阿三妹敛了笑容，正色地斥那个姓杨的陆丰人，高等巡警学校学员。我看见阿三妹的颜色，约略推知“咽烧猪”是怎样的意义了。他们太笑得厉害了。

——张资平《脱了轨道的星球》

张资平想，自己并不是那样轻佻的人，无非是让阿三妹赚几个小费。她日益丰腴的体态，是流水井抢眼的看点，也是最敏感的话题。那些大笑的人，无非是在这点上躁动不安，借题发挥罢了。

九

父亲回信了。信中说，考测绘既然失败，一时又无相当的学校可考，还是回家，到广益学堂加读半年，等明年再想办法。

张资平还有一个堂兄弟，和宣统皇帝同名，叫溥仪。他大张资平两岁，今年十九，是个很顽皮的机灵鬼。他原在汕头一家烟丝店里当学徒，因受琵琶仔（歌女）的影响，偷了店里的银钱，被炒了鱿鱼。溥仪很羡慕兄弟们通英文，能笔算，老要他们帮忙，把他介绍到广益学堂去读书，哪怕一年级插班生也行。

“你岁数这样大，愿意读一年级?”

“愿意愿意，英文算术不行，只好插一年级咯。苏老泉，二十七，始发奋，读书籍。……”溥仪把读过的三字经用上了。

他们于是带他去见汲先生（Giffin）。

汲先生笑着问他：“你在汕头学习过英语吗?”

“学过一点点，狗叫 dog，猫叫 cat。”其实他连 26 个字母都不会写，还谎说他“学过一点点”，张资平惊叹这位老兄的胆子真大！

“我还知道男人叫 man，女人叫 woman。”

“你从前听过耶稣的道理吗?”

“听过的，听过的，每次礼拜日，我都到礼拜堂听讲道理，我知道基督耶稣是我们的教主，是西方的圣人，和我们的孔夫子一样。他是十二月二十五生的，所以那天就叫圣诞日。”

汲先生很开心，不时被溥仪的机灵逗得发笑。但一旁的汲夫人却没有笑，她用英语向汲先生说，耶稣与孔夫子不同，耶稣是神，孔夫子是人，并且耶稣不是西方的人，实际是东方人。汲先生也用英语回答了夫人几句，大概是说，这是初来入校的学生，不要过于指责。

汲夫人的直观能力很强，她看出来这位“溥仪皇帝”一定是个反基督的煽动家、捣蛋鬼。

汲牧师又问他：“你的潮州话说得很好吗?”

“顶呱呱！”他竖起大拇指，逗得大家大笑。但他自己并不笑，仍然一本正经。而他愈是一本正经，旁人愈觉得好笑。张资平却觉得自己不如他，一点也放不开，他暗暗佩服老兄的口才和本领，但这种豪放，他真是无法学得到的。

溥仪入学了。他果然是个革命家，他入学后，只做了一个多月的老实人，就开始他的“革命宣传”，煽动学生排斥甘武牧师，抵制他来上博物和历史课。甘武上课，要学生到他家里去听他讲，实际上他又并不讲，而是让学生自己念、自己讲，他高兴时，略作解释，不高兴时，就让学生一直念下去，他闷坐一边发呆或做自己的事情。溥仪觉得他完全是个饭桶，还摆臭架子，必须群起而攻之。

其次是国文先生杨麇生，溥仪提出也要对他提出警告，他也是只要学生念书本、不作解释的庸夫，而且说话声音太低，像蚊子哼。他批改作业极不认真，不管通不通，用红笔一路圈下去。

第三是甘武夫人，她叫学生和着她的风琴唱赞美诗，实际上是她的一种消遣，她从没教过乐理知识，吃得胖胖的，无所事事。溥仪提出，以后大家不去供她消遣，不去和着她的风琴唱歌。

对汲夫人，他也认为应该抵制，她太严厉，刻板，不给人面子……他甚至拍着桌子大叫要闹学潮。

同学们知道他是在放空炮，不可能达到革命目的，只是冲他那股子昂奋的神气，觉得有趣、好笑。其结果可想而知，杨麇生的孙儿杨木生告了密。第二天，张资平的父亲来校上课时，被杨麇生请了去，因为父亲是溥仪读书的介绍人和担保人。聪明的“皇帝”预感事情不妙，他对张资平的父亲是敬畏的，一双机灵眼充满警觉，不敢再那样放肆猫弹鬼跳，煽动革命了。

不过，账总是要算的，杨麇生把张资平的父亲叫去，是告诉他，他怀疑溥仪是个革命党，不知他在汕头是不是加入了同盟会。

父亲知道，“参加同盟会是要杀头的”，因此很紧张。

张资平想，一个小孩子，他有什么资格当革命党呢？但他听见父亲说“你以后少跟他来往”，这句话透露父亲对革命党的惧怕，他不相信清廷是这样容易推翻的。

“总之他不是个安分的人，他不是来读书的，是来混的，不久他是会走的吧？”父亲说。

其实，在这间教会学校，是学不到真正的知识的，这些传教士，无非是从学生中物色信徒，或者培养他们所需要的人。并不完全是“扶贫教育”，除了穷苦百姓的子弟，还有社会闲人，甚至地痞流氓、烟鬼也进来。所以，溥仪离去未尝不是好事。

果然，又过了一个多月，溥仪的叔父来信，要他回汕头，在一家客栈当伙计。

溥仪对张资平有些不舍，“星弟，你的前程远大啊！你该出省去读书，至少，也当来汕头岭东同文书院。将来留余堂的门户，全靠你来支撑啊。”

“我打算明年和仁仪一起到省里去再考一回学校，如果再失败，我就决定到南洋去挑锡泥了。”

“不会的，不会的。仁仪是靠不住的，有钱子弟，肉食者鄙，他只会每天搂着老婆，能干什么？”

张资平觉得，溥仪是个阶级意识的先觉者，他不喜欢有钱有势的人，不喜欢洋人，意识狭隘，生活上不拘谨，桀骜不驯。

“你到汕头来时一定要来看我啊，最好在我的客栈新广昌住，那时我带你去看琵琶仔。”“皇帝”对琵琶仔总是情有独钟，据他说，他结交了好些个琵琶仔，她们都是很文雅的女孩子。

……

溥仪到汕头以后，常给张资平写信，并将汕头的花旦及他近来认识的琵琶仔告诉他。这样的信愈多，愈使张资平感受到性的苦闷，他自己坦然地说，由于生理的发育，他对异性发生兴趣。“他的信来得愈多，愈觉得家庭是牢狱了。我的心理状态和半年之前完全相反了。半年前在省城时，常常思念家乡，思念父亲及老祖母。现在呢，很想急急地离开他们了。”（《脱了轨道的星球》）

十

从省城回来，冷静思索，还是有一些收获，知道当时的考试，是重文轻理，没有好的语文基础，断然过不了关。而语文又重作文，作文又重文言文。

他发奋努力，一面读脚批通鉴，一面造句。父亲批评他的作文太白话化，没有半点书卷气，段落不明，脉络不清。父亲找来古范文，讲给他听，如何审题，如何切题，如何分段叙述。而分段叙述中，又以正反合的方法最得体。

父亲告诉他，以后作文，要注意以下几点：

第一：帽头写几句映射本题的空文句。

第二：叙述本题的事实。

第三：从正面讨论。

第四：从反面讨论。

第五：作一个结论。

第六：作余波唱叹几句，最好用骈文。

——张资平《脱了轨道的星球》

当然，父亲还讲了八股的做法。他批评张资平何以读了十年书还是写不好一篇文章，还以“萧何入关先收图籍论”为例，诠释六段作文法。他先做了一个冒头：“九州之大，无图不能稽也，万民之众，无籍不能治也。治地固难，治民尤难，故……”

父亲说，这是第一段。第二段要述史实，即秦如何失败，汉高祖如何之能用人。第三段论述得图籍有何好处，并论及萧何的远见卓识。第五段论证，作结。

在父亲的指导下，张资平的语文进步很快，写出文章来，声韵铿锵，言之有物，条理清晰，叙述流畅，令堂兄弟们刮目相看。

岁月倏忽，张资平在广益学堂毕业了。汲先生还是有意培养他去美国留学，“如果在我校读下去，我可以保证他以后去美国深造”，汲先生这样对父亲说。但祖母不同意。祖母的意思是连省城也不要去，“就在东山师范读一二年后出来教小学，一来可以帮衬父亲，再说年纪一天天大了，也要考虑结婚生孩子，给祖母一二个曾孙，以娱晚年。去什么美国？去美国回来，我这把老骨头也不知转到哪个土岗子了。看到汲牧师那些人，不就同在美国一样”？她听人说，美国在地球的那一边，和我们中国脚对脚，她说，“脚对脚，那不掉海里去啦！她不相信地球是圆的，只承认天和地，脚的底下，除了海水就是土”。

在东山师范读了两个多月，没有多大的长进，这个学校师资力量太弱，没有几个很好的教师，教学方法古板陈旧，除了抄写黑板上的讲义，就是背书、读经，甚至用日本人编写的《支那通史》为历史教本，以屠寄的地志为地理教本，荒唐至极。

父亲渐渐瘦了，饭量减少，痔病复发。在对待家庭穷与富的认识上，父亲和祖母是张资平的楷模，他回忆道：

我和几个堂兄弟是在咏花书屋寄宿的。父亲在十天之中有八天晚上要到市里去转转的。回来得早，或听见有什么消息，他一定到咏花书屋来告诉我们。我等到十点多钟还不见父亲回来，就去睡了。但是无论怎样都睡不着……

父亲常常教我用费要节省，但是对人要厚道。他教我说：“金钱是养廉耻的，此外并无何等的用处。”他又教我说：“克于人为刻，克于己为俭。”款待人不是常有的事，不可太省。但是自己的生活费，每天要支出的，一定要极力节省。到了没有钱的时候求人，那是千难万难的了。祖母也教训我说："只要自己节省，则万事可不求人。你尽向人称穷道苦也是无人理你的。所以穷人要装出富人样，才不会给人看轻。第一要紧的还是自己要节俭。"

我对于父亲，对于老祖母的遗训是有许多违背的，唯有这些我至今还是遵守着。经世愈久，愈觉得父亲和老祖母的话是经验之谈。……不可意志薄弱，装出穷样子去讨人家怜悯，或贪人家的便宜。贪了人家的小便宜，自己的名誉无形中是要受莫大的损失。

——张资平《脱了轨道的星球》

张资平一生都谨记这些教诲，无违如初，不像那些"有钱花到无钱止"的公子哥。

父亲好不容易借到了六块钱，张资平和仁仪决定立即动身去考清华预科。他们按祖上的老规矩，到祖堂焚香顶礼，跪拜祈祷，请求祖先保佑他们一路顺利。拜过祖堂，又拜别祖母，祖母坐着拱拱手，表示还礼，口里喃喃地念道："一路要平平安安。……做事要左做左着，右做右着。逢凶化吉，多遇贵人。……"祖母眼里含着泪水。

张资平向父亲拜别，父亲一把将他拉起，这时，他忍不住呜咽起来。父亲说："凡事靠你自己去闯，慢慢变得老练起来，该叮嘱的话是说不完的。"

一位寡嫂，伯母的大媳妇，换了一身比较新的衣裳，手里拿着一根扁担，站在一旁，打算替张资平挑行李。

张资平向伯母拜别，伯母笑着说了些祝福的话，希望侄儿能和考师范一样，考个第一名回来。

罗屋码头，停靠着好些篷船，船老板忙忙碌碌，做着起航的准备，船尾冒着轻烟，女人们在做早饭。风儿吹来，可以闻到船身新刷的桐油的气味。

张资平和仁仪上了篷船，沿梅江南下。对张资平来说，这是又一次离开梅县，前去求学。船行两昼夜，到了潮州的竹篙山，他们就在这里上岸，再到竹篙山火车站搭乘火车前往汕头。

在汕头，他们先住进了仁仪祖父介绍的客栈，因为是他祖父的面子，可以免去伙食费。因一时无船去香港，只好在汕头逗留一两日，等候船期。张资平想，何不趁此机会去拜望一下“宣统皇帝”，行前曾给他写了一封信，但没有说明何时抵达汕头。二人商议，抽个空，请一个客栈的小伙计带他们去拜访溥仪。因为都是经营客栈，一说到溥仪，小伙计很熟悉，很快就找到了他。

找到了“皇帝”，三人有说不出的高兴，决定晚上一起出去游玩。

溥仪在汕头混得很熟，尤其喜欢逛堂子，结识了几个琵琶仔，是那儿的常客，连协丰客栈的小伙计都这么说他：“有几个钱，都送到那儿去了。”只要是琵琶仔，他总说是好的，什么“才女”，什么“文墨很深”，什么“佳人”……简直天仙一般，使他神魂颠倒。

晚上，溥仪带着他二人去逛堂子。走到堂子口楼下，还没进去，溥仪就要客人凑份子，因为逛堂子是要收钱的，而张资平是不随便花钱的，仁仪也不大情愿，看在兄弟情分，两人好歹凑了一元钱交给溥仪。

溥仪接过钱，叹了一口气，无可奈何地摇了摇头，引领他们上楼去。一个年约三十几岁，头发梳得油光水亮，穿黑油绸衣裤的妇人出来接应。

溥仪说，这是管家的婆子。婆子与溥仪问答几句后，引出一个女子，脸上搽着水粉和胭脂，年约二十几岁，她一见到溥仪，就朝溥仪的肩上拍了一下，嬉皮笑脸地说一些听不懂的潮汕话。但她的普通话却说得很好。溥仪说，她并不是美容，只是美容的姐姐。又过了一会，才走出一个十六七岁的姑娘。

在微明的电光下，虽然看不出她身上穿的是绸是缎，但是天青色的短衣上，套一件黑绸背心，装扮不像她的姊姊那样奢华，并且脸上薄施脂粉，表示出她的天然的肌色有几分赤黑，五官配置得非常的适宜。最惹人爱的那对常在碌碌地回转，又深又黑的眼睛。只是在笑的时候，嘴巴稍微宽了一点，有些刺目。她重新斟了热茶端给了我们后，只坐在一隅，一声不响，双手搁在膝上，像在凝想什么事情。

——张资平《脱了轨道的星球》

一次毫无意识的见面，竟使张资平纯真的心里起了涟漪。

“有一种意识的爱，并不是自然的真爱，只是由一种媒介发生出来的。譬如从前的订婚，只凭父母之命，媒妁之言，男女是素不谋面的。但是订了婚之后，彼此之间便有所怀恋了。今晚上，我对美容，因溥仪的媒介，也觉得她是很可爱的。”他想。

在张资平的眼里，美容是没有音乐天分的，她的姐姐提议要她唱曲，张资平看见，美容唱曲的样子，那音调，使她的美貌打了折扣。唱完曲，溥仪大为高兴，给了美容两块钱，三人便下楼梯走了。

张资平觉得溥仪对琵琶仔出手太大方，唱个曲儿，竟给两元钱。溥仪不以为然，说：“给一块钱太难为情了，我身上也只有一块钱了，加上你们的一起给她了！”

张资平很感慨，“我是不该来这些地方的人，因为我的理性太发达了，不能不顾死活地把父亲辛辛苦苦挣的钱花到这些地方去。纵令我想花，父亲也没有这许多钱给我花啊！”他也看到了，溥仪是怎样“有几个钱都送到那儿去了”的。

第二天下午，有海澄轮船开香港，他二人便乘船离开汕头，去了广州。

十一

张资平又一次来到省城，来到流水井张氏宗祠，物是人非，张资平感慨万端。去年出来招呼他的从堂兄仲仪，不见了人影，听说已经疯了，在家里被穷愁潦倒的家人监禁着。阿三妹似乎并无多大改变，依旧忸怩羞怯的样子。而同住的那些海陆丰的人走了好几个，换了一些梅县的同乡住进来。这些梅县子弟，背景都不一样，有土豪的儿子，也有商人的儿子……他们的最高目的是想捞个县知事，所以处处以乡绅自居。

但是，衣着甚至官位都是可以买到的，而学问却买不到，他想。

放榜那天，他们很早就去等候，结果很失望，仁仪榜上无名，复试的资格也没有了。而他们高小班因宿舍尚未竣工，要等到明年春开学，延至冬季才能复试，初试成绩如何，自然就无从知道。但后来通过另外的途径，以“远道而来，不能久待”的理由，请求提学使沈曾桐早日揭榜，才知道高小班正取十名，备取五名，张资平是备取第二。

这时，父亲来信说，管他高小还是初中，考了再说，考取以后再决定读与不读。父亲的意思，还是考警官学校或者法政学校较为理想，经济上也没有压力，一年至少可以节省三十六元大洋。但考警官学校（高等巡警学堂）年龄有具体要求，须满二十岁，高小毕业，而他年龄和学历都不够格，情急之下，只好造假，虚报为二十五岁监生，后来还是父亲发现填册时并不要求交验证件，才知那些个条条框框原本是袭用清廷的科举的旧章程，已经名存实亡，因此顺利通过了报考填册，也说明清廷那一套弊政对当时青年戕害之深。

警校的考试日期已定，开考这天，是阴历六月初。张资平有了考测绘学校的经验，以及考清华的经验，他表现得十分镇静。

一看试题，他乐了，是“汉高祖与秦父老约法三章论”。

考测绘学校的惨败，对他来说真是刻骨铭心，那个“萧何入关先收图籍论”的题目使他永远都不能从记忆中抹去。好在父亲的指点，他已经知道该如何对付这样的命题，但那时就想，恐怕再也没有机会重新去考这道题了，如果再考一次，他非要拿回一个满分不可！

面对这似曾相识的题目，他的心又开始悸动了，但这回是兴奋的悸动。他把父亲帮他修改的《萧何入关先收图籍论》套用一下，先把冒头写下来：

“九州之大，无图籍不能稽也。万民之众，无法律不能治也。治地固难，治民尤难。故善治国者，求治于民即所以求治于地也。……”

破题之后，便开始论述今日警政和法治的关系如何重要，如何紧切。

当然完全是空理空论。但是在试场中搁下笔后，我还摇着双腿，吟哦了一遍，自己觉得十分满足，也十分得意。入场不满一个钟头，便交了卷。

——张资平《脱了轨道的星球》

投考者不满四百人，而取录名额规定有八十之多，比去年的测绘和今年的清华录取名额宽松得多。张资平这回发挥得很好，交卷快，文章也做得不错，两星期后放榜时，他赶紧到校门口，睁大眼睛从红榜上找自己的名字，第一眼就看到，榜首第三赫然写着“张资平”，他唯恐没有看明白，又看了几遍，没错，真是以第三名入选了。

十二

乡村娃求学之路，既有坎坷、艰辛、苦楚，也有金榜题名的得意、欢快。但这坎坷不平的道路，他们埋着头往前走，像初生的牛犊，压根不曾想到个人命运与政局的漩涡生死攸关。

他记得读过宋末词人蒋捷的《梅花引·荆溪阻雪》：

白鸥问我泊孤舟，是身留，是心留？心若留时，何事锁眉头？风拍小帘灯晕舞，对闲影，冷清清，忆旧游。旧游旧游今在否？花外楼，柳下舟。梦也梦也，梦不到、寒水空流。漠漠黄云，湿透木棉裘。都道无人愁似我，今夜雪，有梅花，似我愁。

想起自己飘零如寄，身如不系之舟，其境其情，与这首词所描述的差不了多少啊。

革命的潮流同时在汹涌澎湃，社会在激烈地动荡着。张资平已是一个十七八岁的青年了，但对时局的动荡，他依然漠不关心，他自己回忆说，是过着病态的生活，怨天尤人，好像一颗没有轨道的暗星，因为他既不像耀仪一心争取当个举人，也不像革命党那样血脉偾张，振臂一呼，将手中的武器脱手一掷，成为革命的英雄。他没有人生的目的，像一只无头的苍蝇，乱碰乱撞，“有时狂笑，不自知其何以狂笑，有时痛哭，也不自知其何为痛哭”。

辛亥革命开始，封建社会开始土崩瓦解，追求科名的已经失去往日的热情，心灰意冷。在学校里，担任校长（监督）的，都是些当年留日的学生，或者是留日的速成生，举人相对就很少了。

当时学生中对满人学生很敏感，认为他们是统治阶级的“线人”，是告密者。“疑心多怨鬼”，一些满族学生因此被冤枉地视为“鹰犬”。

当时清廷只注意镇压革命党人的活动，还没有想到利用线人举报，或者想到了而不予重视。所以在增祺任内，稍显平静，因为他没有制定什么紧急状态法之类，来加强镇压革命党。

张鸣岐接任之后，情况就不同了。搜捕、镇压革命党骤然升级，人心惶惶，安插耳目。而压迫愈大，革命党反抗愈强，人数也愈多。不久发生了温生才刺杀孚琦的事件。三月二十九日，黄花岗打了一仗；陈敬岳炸弹袭击李准，枪声像煮粥一样，吓得人们不敢出门，满城恐怖的气氛。

黄花岗之战，孚琦之死，说明张鸣岐镇压革命党的手段残忍，而张鸣岐却受到清廷的嘉许，由“署理”改为“实任”了。

形势越来越紧急，白鹅潭出现了许多的外国兵船，列强的炮口正指向中国，民族危亡，革命风声也更加急迫。学校也开始动荡不安，

革命党人之炸凤山，那是在九月里的一天。早晨，我们正在上英文课（由八点至九点之第一课）。炸弹爆发时，我们的教室亦震动得很厉害，像地震一样。随后又听见几十响的枪声。我们都惊骇起来，特别是教职员们，个个都几乎吓得至面无人色。我们便停了课，全校都浮动起来。还是我们的英文教员（福州闽侯人）胆大些，极力劝告我们要镇静。不一刻，号房来报告，炸弹是炸新任的将军凤山的，地点在大南门外太平沙。现在全城的商店都关了门，恐怕官兵和革命党冲突起来，发生巷战。请诸位先生暂时莫出去，等过一下再看外面的情形吧。

——张资平《从黄龙到五色》

当时以胡汉民为都督、钟荣光为教育司司长的革命政府，从警校选送了一批学生到日本去留学。

自此以后，省城无日不在风声鹤唳之中。今天说，革命党于一二日内，就要暴动了，明天又说，张鸣岐早有准备，实行屠杀。城内的

商业就因此忽然萧条起来。吃过晚饭七八点钟的时分，在街路上便冷落得没有几个行人。

我访了几个同学，都遇不着。问公寓的老板或看祠堂的人（当时学生不是住公寓便是租住祠堂），才知道他们有的回乡里去了，有的搬到城外去住了。这些消息更加使我发生了恐慌。

武昌起义的消息也传到了羊城。住在城里的人们，更加惴惴然地不安。出城入城也须要搜身了。我和两个堂兄弟决意搬到靖海门外的嘉属会馆去住。幸喜学堂当局发给了证明书给我们，证明我们是该学堂的学员，并非革命党。所以我带着一个被包、一只箱子便安然无事地出了城。

又过了两天，听说各学堂所发的证明书也不发生效力了。因为发觉了几个革命青年都持有学堂证明书。这证明不是革命党伪造的证明书，便是学生们和革命党有联络。

在这时候，风声更紧。但我仍然从城外走向城里去上课。我穿的是高警制服，戴的是高警制帽，后头部依然垂着辫子。这个怪样子到现在回忆起来，自己也还要失笑。

—— 张资平《从黄龙到五色》

城门已经关闭了，只有一条狭窄的小道可以通行，出入城门的人都像失了魂一样。

听说很多人都躲到香港去了，第二天也和同住的几个人一起逃到香港。他的辫子，一到香港就找理发店剪掉了，在香港还留着辫子，不免授人笑柄，都什么时代了，后脑勺还挂着辫子！比他先一步到香港的人，不是剃了光头，就是剪成飞机头（也叫文头或西式头，头发从中间往两边分）。

在动荡岁月里，张资平像一个行者，疲于寻找静谧的一隅，以养精蓄锐，攻读诗书，求取知识，回报祖母和父亲的养育之恩。但漫天的狼烟，他不知何处才是安宁之所，何时才有图强的机会？他彷徨、求索，他知道，在这个动荡的时代，没有图强的勇气和决心，是要被滚滚红尘所掩埋的。他揣着父亲节衣缩食省下的钱，在硝烟里四处奔走。他舍不得花钱，尽量不花钱，这些有限且宝贵的钱凝聚着父亲的希望和温暖，他把每一笔开支，都写成账目，在油灯下向父亲写信，汇报花了哪些钱，这些钱是他经过反复考虑、盘算才花的，是生活必需。

年轻的张资平，由此懂得了简朴，懂得了感恩，也懂得了生存。

十三

十七八岁的张资平求知欲很强，身体也很棒，遗憾的是可供他阅读的课外书太少，光是课堂上那点讲义，他已不能满足。在辛亥革命前后，他读了大量的小说，已经有一定的鉴赏能力，从《红楼梦》《品花宝鉴》《花月痕》到《茶花女遗事》《迦茵小传》《碎琴楼》等，还从同学那里借来《小说月报》，没日没夜地阅读，花费了大量的时间和精力。

从《东方杂志》读了《碎琴楼》，觉得这真是百读不厌的作品。同时对于商务印书馆的《小说月报》也发生了兴趣，时常装出冬烘的样子，在不住地吟哦“春草碧色春水绿波”一类的文章。受了这类小说的影响很深，于是又模仿那些文章，写了一些“莺声燕语”式的小说，但都是以之自娱，并不想发表，也不敢希望发表。后来有一位同乡看见我喜欢读小说，便来对我说：“你所读的小说都是无聊的旧小说，有什么读头。我介绍一种新的爱情小说给你读吧。”

我心里不服输，因为我当时正在读《花月痕》《品花宝鉴》《红楼梦》及《碎琴楼》。

“还有什么好的新小说呢?”

“冷红生译的《巴黎茶花女遗事》。”

“有得卖没有?”

“在广州恐怕买不到。不过我有一本，送给你吧。”

过了两天，那位朋友果然送了一本石印本的《巴黎茶花女遗事》来给我。我立即翻来读。但因为前面是叙述拍卖的事，无论如何，读不入神，搁而复读者两三次。到后来读到茶花女给亚猛的信的第一句“得书，感君念我，知苍上尚有灵也……”我才感着兴趣。在那时候的鉴赏力，是那么贫弱的。

读完了《巴黎茶花女遗事》后，如痴如醉者数日。读到马克在乡间别亚猛时，也不知流了多少可宝贵的青年之泪。每天放课回来，也专翻开这一段来复习，一面读，一面流泪。同时假想，自己如果有像马克这样的情人，就为她死也是情愿的。

……

我把我读《巴黎茶花女遗事》后的感想告诉了一个同级友。他说，冷红生即是林琴南。他译有不少的小说。他的《迦茵小传》也和《巴黎茶花女遗事》相仿，叫我买来读。可怜我在那时候，仅三角钱的购书力也没有。费了千辛万苦之力，才间接地借了一部上下二册的《迦茵小传》来读。读后的感动和茶花女给予我的影响相似。读到迦茵发热病时的一段及迦茵对老侯爵夫人表示不和亨利结婚的一段，亦流了不少的眼泪。

自读了这两部言情小说后，我对于文学的鉴赏也自然转了方向。恰恰在这期间内，我忙于留学考试，不单无暇模仿写那些莺声燕语的文章，也全无心绪去读小说了。

——张资平《杂忆》

张资平想起这段历史，感慨道：“假如我在那个时代若有像日本的高等学校（大学预科）或德国的Gymnasium（体校）来容纳我时，我的学问和体格当能得到更好的锻炼吧。”

当时，广东局势渐趋安定，当局已有为新国家造就输送人才的表示，决定选拔人才去东西洋留学，招考的章程已经发布。

张资平在几位老师的鼓励之下报考了，但因学历不够，只有广益学堂的一张毕业证书，既不是中学，也没写小学，报考时遇到了麻烦。但当局求才心切，而教育司的钟荣光又是个极平民化、富有民生意识的人，对此并没有强调所谓“按政策办”，立即给他办理了报考手续。

好不容易熬到放榜，张资平急匆匆赶到教育司，好在人不是很多，因为考得不是很理想，他自己估计，能考个备取就不错了，他在备取栏中找自己的名字，根本没有，连备取都不是！“他们真是会开玩笑啊！”他胸口开始突突地跳动，百无聊赖，他又把整个红榜从头至尾看一遍，从第一名看到最后一名，又仔细看一遍，天哪！竟然发现“张资平”三个字在正取栏中，是的，再看，自己确是正取，不过是第三十名，排在最后。他的胸口跳得更加激烈，虽然是个榜尾，好歹也是入了正取啊！

他静静地在榜前站了一会儿，汗水也稍有收敛。榜上通知，录取的考生务必留在广州，等候发送出国，具体行期，将另有牌示。

回到寓所，大家都对他另眼相待，恭维、羡慕，争着在他身上拍打，说是要沾点喜气。

真理是永久不变的。譬如“世态炎凉”这个真理，真个是千古不灭的。自考上了日本留学，一般朋友都很明显地改变了态度，而我的人生观也从那一天起，由悲观的改变为乐观的了。平时当友人们聚在一块儿谈笑的时候，自己只是坐在一隅，静听不敢多嘴，尤害怕他们谈及家事。现在我抬得起头来和他们说说笑笑了。以前我常沉着头走路的，现在也稍稍昂起头来走路了。从前我的态度行动会那样悲观的、消极的、忧郁的，虽然是大部分由于我的天性——神经质的、怀疑的性质——使然，但受境遇的压迫，也是一个重要的原因！

——张资平《杂忆》

十四

香港的街道很窄，电车的轨道纵横交错，时有电车驶过，并发出叮叮的铃声。人流如洪水般在狭窄的街道两旁缓缓流动，真是摩肩接踵。大都市的拥挤和繁忙，以及紧凑的节奏，有些使人透不过气来。

张资平八月二十三日被通知到教育司开茶话会，会上，钟荣光又通知大家，二十六日都到香港聚集。原拟乘天洋丸去日本，但第一批赴日本的学生不满六十人，轮船公司不肯打折，只好等几天，再找其他轮船。第二天一大早，在香港青年会，大家照了合影，然后就静候船期。二十八日下午，有法国邮轮赴横滨，张资平就登上这班船，驶向日本。

一个十几岁的青年，站在甲板上，迎着海风，向祖国默默念道："祖国，别了！学不成名死不还！我不知道今后要在什么时候才能看见你啦！"……

轮船早出了鲤儿门，那些黛色的海岛，愈望愈远了。巨轮般的太阳，渐渐地趋近西方的天脚下（地平线）。低头看了一会下面深蓝色的海水。几只白鸥在上空翱翔。船躯开始摇荡了。

明天一过汕头，我便和我的父亲一刻一刻地隔远了！

轮船经过上海，作短暂的停留，不少人上岸去买东西，船舱一下子空了许多。不过不一会，人们又三三两两回到船舱里。卅一号黎明，轮船又从上海起锚，真正要离开故土，渡黄海，开往日本海了。

“法国邮船三等舱的西餐，虽不算怎样好，但比霞飞路一带的俄国大菜却好得多了。我想能够长期吃这样的大餐过去，就永远不到日本去也算了。”张资平心里高兴地想着。

海上风浪很大，船在不停地起伏颠簸，船上的人几乎都开始晕船，呕吐得很厉害，不一会儿整个船舱像一个大粪缸，臭不可闻。第二天，风浪不但没有稍减，反而更加汹涌。大轮船一会儿被抛上浪尖，一会儿又被推下谷底，怒涛好像要把船里的人从船上摇落出来，吞入腹中。身体不好的支持不住，躺到甲板上，紧紧抓住缆绳之类的东西，以稳住身子，不再晃荡，像死人一般，一动不动，这样控制呕吐。

有的小小年纪便出海，没经历过这样的巨涛，也不知这样呕吐都是因为晕船，而以为自己生病了。

就这样颠簸、摇荡，日夜兼程，听说前面就到神户了。神户面向大阪湾，背靠六甲山脉，距离大阪约三十公里。站在高处，可以一览大阪湾及濑海。海是蓝蓝的，一望无边。海港繁华，可以看见来往的住民和很精致的房屋。

九月四日早上九点，抵达横滨港。

留日中国青年会派来代表迎接，受好奇心的驱使，大家都很想快点上岸，看看这个国家究竟是啥样子。但事情并不是想象的那么顺利，日本海关要例行检查行李，无论怎样焦急也没有用。检查完已经是中午时分，这才由青年会的人领着赶往樱木町火车站，搭乘开往新桥的班车。

张资平和几位同学住在新桥今川小路的圣天馆，张资平住在三楼的楼梯当口的房间，面积是四迭半（迭是一种土席，也叫榻榻米。每张面积为 2×4 尺，也叫一迭，以此计算面积单位，如一迭、四迭等，有钱就可以住很大的面积）。张资平睡惯了中国的架床，日式榻榻米怎么也睡不习惯，翻来覆去，如睡针毡。他只好白天用榻榻米，一到晚上，便把床垫得老高，还把蚊帐扯上，结果被日本的清洁工看见，笑他睡“神坛”。这样坚持了一段日子，在老乡朋友的劝告下，他只得“入乡随俗”，把“神坛”撤掉。

对张资平来说，语言和饮食，有一个适应过程。日语的学习，有人喻为“笑着进去，哭着出来”，意思是看似容易，要掌握就很有难度。张资平觉得太难，虽然这道关过不去，在日本就很难闯荡。几经周折，他决心学好日语，经人介绍，迁入市外目白的同文书院学习日语。

到七月中旬，他终于考上了第一高等学校，用他自己的话说，成了一个“尚未孵化的日本帝国大学生”。

日本高等学校，实际上是日本帝国大学预科。在这一时期，他学习外语，特别是日语，有大的长进。尤其在文学方面，他开始在创作上进行探索。

这个时期，他开始写《冲积期化石》，以及《约檀河之水》(初稿)。

我在那时代，真是十分努力于文艺的创作，推敲之上再加推敲，对于 plot 也是十二分的重视。只是一篇短篇小说，竟写了三年的时日，改稿至七八次之多。在高等学校三年间功课实在忙，因为要毕业了，又把未完成的创作搁下，赶到东京去考大学。

——张资平《杂忆》

为了写《约檀河之水》，张资平把大学的课程耽误了，这是他的处女作，参考了一位与他认识的日本姑娘的书信写成。小说脱稿之后，他躲在屋子里读着时，流了不少的眼泪。

他大都是在晚上阅读文学作品和写作，写笔记，因为白天要研究学位论文，尤其在进入高三以后，耽误的课程要抓紧补回来，不能不考虑今后的出路。

而此时，他的父亲去世的消息，使他悲伤不已，常常想起父亲的关怀和辛苦，独自潸然泪下。

在日本求学期间，张资平认识了郁达夫、郭沫若和成仿吾。

我记得，我和郁达夫认识，是在民三考高等工业的时节。但结果我们都落选了。在那时候，留学生只想获得官费，对于专门是否适合于自己的本性，却罕有人加以注意。考过了高工，便有千叶医科可考。我早听见，习医必要解剖死尸，所以我不愿意投考。但郁达夫，据他对我说，在那年也跑到千叶去投考过医科。并且说他在旅馆中，还题有“不为良相当良医”的那类的诗。但他还是没有考上。

第一高等的入学考试最迟，在七月上旬。当一高考试时，我又在一高校庭里看见了郁达夫。彼此只点点头，相视而笑后，便各人跑开，或在树荫之下，或在校门首的石阶上，暗诵各科的表解了。

当然，在这三四百人中，郭沫若也在里面，不过我们不认得他而已。

到七月下旬，一高考试的结果发表了。我们都入了选。这是由各省经理处可查看到的。我才知道那个小小的郁文是志望第三部（医科）的。

在一高特别预科同学一年间，我和郁文虽曾谈过几次话，说过几次笑，但也因为不同级，很少接触。至对于郭开贞（沫若），不单没有交谈过一句话，也不知道名叫郭开贞的是哪一个人！

我们虽不同级（因为文医特别预科编为一级，理工农特别预科又另编为一级)，但理化博物是特别在该科的阶段教室里合班上课的，所以有时候也可以在同一教室里看见他们。

教授一跨上讲坛，学生们便要起立。教授点名时，被点到的学生要回答 Hai。有一次先生点到郭开贞的名字，我便回转头来一看，我才知道那个头发剃得光光，脸色苍白，态度有几分高慢而又常作豪笑的四川同学便是郭开贞。

——张资平《杂忆》

至于成仿吾，张资平是 1916 年在房州海边游泳时认识的。这四个人时常相约见面，虽然各自所学的专科不一样，张资平学地质，郁达夫学经济，郭沫若学医，成仿吾学兵工，但对文学的共同兴趣，使他们走到了一起。

1918 年 8 月下旬，在日本九州博多湾海滨，郭沫若和张资平有过一次谈话。在海涛的喧哗声中，这两位文学青年一边散步，一边谈到国内的文学状况，心情颇为忧虑。

“中国真没有一部可读的杂志。”张资平摇了摇头。

“《新青年》还差强人意，但都是一些启蒙的普通文章，一篇文字的密圈评点比文章的字数还要多。”

“……你看《新青年》那样的杂志，不已经很受欢迎了吗?”

“其实我早就在这样想，我们找几个人来出一种纯粹的文学杂志，采取同仁杂志的形式，专门收集文学作品。不用文言，用白话。”

他们俩商量来商量去，打算办一份杂志，纯文学性质的，还物色了成仿吾、郁达夫，虽然人手不够，但郭沫若觉得四个人也就够了。经费问题，主要体现在印刷费上，每个人将发的奖学金凑四五元，先干起来再说。

后来，就在郁达夫的宿舍里，他们商定组织文学团体，名叫创造社，出季刊及丛书。

第一批出版的丛书，包括郭沫若的《女神》，郁达夫的《沉沦》，朱谦之的《革命哲学》，以及张资平尚未完稿的《冲积期化石》。创造社的方向是新罗曼主义，对此成方吾曾指出：

如果我们把内心的要求作一切文学上创造的原动力，那么艺术与人生便两方面都不能干涉我们，而我们的创作便可以不至为它们的奴隶。我想我们的新文学，至少应当有以下的三种使命：一、对于时代的使命。二、对于国语的使命。三、文学本身的使命。

——成仿吾《新文学使命》

因为经济的困窘，父亲的去世以及学业的压力，张资平的《冲积期化石》，断断续续写了好几年，如果不是郭沫若写信催稿，他也不会在两个半月内匆匆完稿，因为再不交稿就会耽误丛书的出版。1921年11月，稿子由郭沫若寄往上海，1922年春，郁达夫从上海赶回日本参加毕业考试时，告诉他《冲积期化石》已经出版，并给他带来两本。

创造社的季刊推出之后，又出了《创造周报》，主要内容是政治评论、文艺评论和文学创作。创刊于1923年5月13日，终刊于1924年5月中旬。共出52期，由上海泰东图书局发行。

1923年7月，原本由中华新报经营的“创造日”副刊，改由创造社负责主编，每天占半面报纸的二分之一版推出。与周刊同时行世。

季刊、周刊、日刊辉煌了一个时期，但因为没有把握好办刊宗旨，未能保持当初的锐气和热情，评论稿的稿源不足，亦无分量，使周刊锐气大减不得不停刊。日刊一停，周刊便成强弩之末，不久，周刊和季刊相继也终刊。

后来的《创造月刊》、《洪水》（综合性半月刊）则坚持了创造社的雄心壮志，决心用精神的洪水洗涤世界的罪恶，有很强的社会意识，不拘泥于纯文学的创造，深受普罗大众的欢迎。

创造社十年惨淡经营，以纯文学斗士的姿态出现，展示了中国社会文化思潮对文学期刊的影响。而创造社成员，基本上都是没有任何权势和背景的穷青年，他们中有的人尚未完成学业，便举起新罗曼文学的大纛，堪称中国现代文学史上的英雄群体。

十五

1922 年 5 月底，张资平回国后，在梅县蕉岭矿山中工作，任中美合办蕉岭铅矿厂经理。这一时期，他利用业余时间，积极创作以婚恋生活为题材的小说，如《双曲线与渐近线》《梅岭之春》。以刻画青年男女性心理见长的作品即创作于此时。

1924 年，张资平和熊淑琴结婚。熊淑琴是梅县泮坑熊屋人，毕业于广益女子师范学校。秋天，张资平应聘到武昌任师范大学岩石矿物学教授，讲授地理学、地质学。

1924 年年底，张资平到武昌大学任生物和国文教授。

1926 年，张资平在北伐战争中参加国民革命军，被任命为总政治部国际编译局少校编译。

1928 年 3 月，张资平应成仿吾之邀到上海参加创造社出版部工作，但夏天即脱离创造社，9 月时自办乐群书店，并出版杂志《乐群》。

关于这一段的经历，许多资料已经有详尽的记录。我们所要关注的是，张资平的文学创作思想在这一时期的发展变化。

参考文献

1. 张资平《杂忆》《从黄龙到五色》《脱了轨道的星球》。

2. 郑振铎. 中国新文学大系·文学论争集. 上海：上海良友图书印刷公司，1936.

3. 吴福辉，钱理群. 名人自传丛书·张资平自传. 南京：江苏文艺出版社，1998.

4. 钱杏村. 张资平的恋爱小说. 上海：泰东图书局，1929.

5. 刘增人等. 中国现代文学期刊史论·论《创造》季刊等创造社文学期刊. 北京：新华出版社，2005.

6. 张资平. 张资平自传. 南京：江苏文艺出版，1998.

7. 梁德新. 评张资平和他的作品. 广州：华南理工大学人文学院客家文化研究所第2届海峡两岸客家文学研讨会，2006.

8. 郑伯奇. 忆创造社. 文艺月报，1959（2）.

9. 丘立才. 关于张资平“汉奸文人”的问题. 读书文摘，2007（10）.

10. 秦柯. 扑朔迷离的张资平. 南方日报，1999－06－07.

11. 躲斋. 关于张资平. 文汇读书周报，2000－09－02.

12. 王向远. 日本对华文化侵略. 学者、文化人的侵华战争. 北京：昆仑出版社，2005.

13. ［日］佐藤信渊著，鸨田惠吉校. 宇内混同秘策. 东京：大同馆书店，1937.

张资平作品选编

梅岭之春

一

她的住宅——建在小岗上的屋，有一种佳丽的眺望。小岗的下面是一地丛生着青草的牧场。牧场的东隅有一座很高的塔，太阳初升时，投射在草场上的塔影很长而呈深蓝色。塔的年代很久了，塔壁的色彩很苍老，大部分的外皮受了长期的风化作用，剥落得凹凸不平，塔壁的下部满贴着苍苔。塔的周围植着几株梅树，其间夹种着无数的桃树。梅花固然早谢落了，桃树也满装了浅青色的嫩叶。

朝暾暮雨和正午的炊烟替这寒村加添了不少的景色。村人的住宅都建在岗下，建在岗上的只有三两家。她站在门前石砌上，几乎可以俯瞰此村的全景。

村民都把他们的稻秧种下去了。岗下的几层段丘都是水田，满栽着绿荫荫的青秧。两岸段丘间是一条小河流，流水和两岸的青色相映衬，像一条银带蜿蜒地向南移动。对岸上层段丘上面也靠山的建立着一列农家。

村民的生活除耕种外就是采樵和牧畜了。农忙期内，男的和女的共同耕种和收获。过了农忙期后，男的出去看牛或牧羊，女的跑到山里去采樵。

她的母亲一早就出去了，带一把砍刀，一把手镰，一条两端削尖的竹杠和两条麻索出去了。她的丈夫也牵着一头黄牛过邻村去了。她没有生小孩子以前是要和她的母亲——其实是她的婆婆——一同到山里采樵去的。可怜她，还像小女儿般的她，前年冬——十六岁的那年冬，竟做了一个婴孩的母亲了。

“哑哑啊！我的宝贝睡哟！哑哑啊！我的乖乖睡哟！”她赤着足，露出一个乳房坐在门首的石砌上喂乳给她的孩子。

邻村的景伯姆，肩上担着一把锄头走过她的门首。

“段妹儿，你的乖乖还没断奶么?”她的生父姓段，村人都叫她段妹子。

“早就想替他断奶。但夜间睡醒时哭得怪可怜的，所以终没断成功。”

含着母亲的乳房，快要睡的小孩儿听见他妈妈和人说话，忙睁开圆眼睛，翻转头来望景伯姆。可爱的小孩儿伸出他的白嫩的小手指着景伯姆，“唉，呀呀！唉，呀呀！”的呼着。景伯姆也跑了过来，用她的黑而粗的食指头轻轻地向小孩儿的红嫩的小颊上拍。

“乖乖！你这小乖乖！你看多会笑。乖乖几岁了?”景伯姆半向她，半向她的小孩儿问。“对了岁又过三个月了，景伯姆。”村里称婴儿满了一周年为“对了岁”。

她笑着说了后，若有所枨触，叹了一口气。“岁月真快过呀，景伯姆。我们不看小的这样快的长大，哪里知道自己的老。”

“这不是你们说的话，这是我们快入墓穴的人说的话！你们要享后福的，你要享这小乖乖的福的。”景伯姆一面说，一面担着锄头向古塔方向去。

“景伯姆，看田水去吗？我送你一程。”她抱着小孩子跟来了。小孩子更手舞足蹈的异常高兴。

“是的，昨晚下了一夜的大雨，我的稻秧不浸坏了么，我想把堤口锄开些，放水出来。”

“你太多钱了，买田买过隔村去。你们有钱人都是买苦吃的。”她且说且行，不觉得送景伯姆到塔后来了。她不敢再远送，望景伯姆向岗下去了。小孩子还伸着手指着景伯姆，“唉哟，唉哟”地叫着要跟去。

她翻转头来呆望着塔背的一株古梅出神，并不理小孩子在叫些什么了。她呆呆地望着那株梅树出了一会神，才半似自语，半似向小孩子的叹了一口气。

“怙儿——这还是你的爸爸取的名——怙儿，你去年春在这梅树下和你的爸爸诀别，你还记得么？你爸爸向你的小颊上吻了一吻就去了，你也记得么？”她说了后，觉着双目发热。她还是痴痴地望那株梅树。

对岸农家的鸡在高声地啼，惊破了大自然的沉静。远远的还听见在山顶采樵的年轻女人在唱山歌：

蓬辣滩头水满堤，迷娘山下草萋萋，
暂时分手何珍重，岂谓离鸾竟不归。
共住梅江一水间，下滩容易上滩难，
东风若肯如郎意，一日来时一日还。

她们的歌声异常的悲切，引起了她无限的追忆——刻骨的悲切的追忆。她望见岗下和隔河农家的炊烟，才懒懒地抱着小孩儿回去。

二

怙儿来历的秘密，不单她一个人知道，她的丈夫当然知道的，她的婆婆也有些知道，为了种种的原因，终不敢把这个秘密说穿。

她的乳名是保瑛。保瑛的父母都是多产系，她的母亲生了她后仅满一周年，又替她生了一个弟弟。她的父亲是个老而且穷的秀才，从前也曾设过蒙塾为活，现在受着县署教育局的先生的压迫，这碗饭再吃不成功了。像她的父亲的家计是无雇佣乳母的可能。她的母亲只好依着地方的惯例，把她送到这农村来做农家的童养媳了。

魏妈——保瑛婆婆，是保瑛的母亲的嫡堂姊妹，她的丈夫魏国璇算是村中数一数二的豪农。魏翁太吝啬了，他的精力的耗费量终超过了补充量，他的儿子——保瑛的丈夫——生下来不足半年，他就抛弃他的妻子辞世了。丈夫死后的魏妈，很费力地把儿子泰安抚育至三周岁了。泰安断了奶后，魏妈是很寂寞的，和保瑛的母亲有姊妹的关系，听见要把保瑛给人家做童养媳，所以不顾五六十里的崎岖山路，跑到城里去把保瑛抱了回来。在那时候才周岁的保瑛，嫁到了一个三岁多的丈夫了。

保瑛吃魏妈的乳至两周岁也断了奶。魏妈在田里工作时，他们一对小夫妻的鼻孔垂着两条青的鼻涕坐在田堤上耍。这种生活像刻板文章的继续至保瑛七岁那年，段翁夫妇才接她回城去进小学校。魏妈对保瑛的进学是始终不赞成的，无奈段翁是住城的一个绅士，拿义务教育的艰深不易懂的名词来恐吓她，她只得听她的童养媳回娘家去了。但魏妈也曾提出了一个条件，就是保瑛到十六岁时要回来和她的儿子泰安成亲。保瑛住娘家后，每遇年节假期也常向平和的农村里来。

保瑛和她的弟弟保珍同进了县立的初等小学校，初等小学校毕业后再进了高等小学校。保瑛十四岁那年冬，她和弟弟保珍也同在高等小学校毕业了。这八年间的小学校生活是平淡无奇的，保瑛身上也没起何等变化。高等小学毕业后的保瑛姊弟再升进中学否，算是他们家庭里的一个重要问题了。

“姊姊，你就这样回家去，不再读书了吗？”保珍当着他的父母面前故意地问保瑛。

“够了，够了，女人读了许多书有什么用！还是早些回魏家去罢。你看魏家的姨母何等的心急。每次到来总唠唠叨叨地叹息说着她家里没人帮手。”

裤脚高卷至膝部，赤着双足，头顶戴着一块围巾，肩上不是担一把锄头就担一个粪水桶：这就是农村女人的日常生活——保瑛每次回农村去，看见了会吐舌生畏心的生活。保瑛思念到不久就要脱离女学生生活，回山中去度农妇生活，不知不觉地流下泪来了。

“教会的女子中学要不到多少费用，就叫姊姊进去罢。”

“再读也不能毕业了。姊姊十六岁就要回魏家的。高等小学的程度尽够人受用了，不必再读了。”段妈还是固执着自己的主张。

“不毕业有什么要紧！多读一天有一天的知识！”保瑛恼着反驳她的母亲。

“她既然执意要读，就由她进教会的女中学吧。基督教本来信不得的，但有时不能不利用。听说能信奉他们教会的教条的学生们，不但可以免学费，还可得教会的津贴。你看多少学生借信奉耶稣教为名博教会的资助求学。最近的例就是吉叔父。你看他今年暑假回来居然自称学士，在教会的男女中学兼课，月薪六十五块大洋！大洋哟！他在H市的教会大学——滥收中学毕业生，四年之后都给他们学位的大学——四年间的费用完全由教会供给。他们心目中只知道白灿灿的银，教会资助他们的银，所以不惜昧着自己的良心做伪善者！其实哪一个真知有基督的。他们号称学士又何曾有什么学问！普通科学的程度还够不上，说什么高深学问！但他们回来也居然地说筹办大学了。真是聋子不怕雷！这些人的行为是不足为法的。不过你们进了教会的学校后，就不可有反对耶稣教的言论。心里不信就够了，外面还是佯说信奉的好，或者也可以得教会的津贴。这就是孟夫子所说‘权’也者是也。”

“是的，你提及吉叔我才想起来了。今天早上吉叔母差人过来——差他家的章妈过来问瑛儿可以到她家里去住一年半年代她看小孩子吗？她说瑛儿若慢回婿家去，就到她家里去住，她家离教会和学校不远，日间可以上课，早晚就替她看顾小孩子。”

“有这样好的机会，更好没有的了。瑛儿，你愿意去吗？”

“……”含笑着点点头的是保瑛。

段翁和吉叔的血统关系不是“嫡堂”、“从堂”这些简单的名词可以表明的。他们的血统关系是“他们的祖父是共祖父的兄弟——嫡堂兄弟”。

“听说吉叔是个一丝不苟的基督教徒，你看他的满脸枯涩的表情就可以知道他的脾气了。他对你有说得过火的话，你总得忍耐着，吉叔母倒是个很随和的人，她是个女子师范出身的，你可以跟她学习学习。”保瑛初赴吉叔家时，她的母亲送至城门首再三地叮嘱。

“吉叔父——叔父两个字听着像很老了的，听说他只三十三岁，那里会像有须老人般的难说话。我不信，我不信。”保瑛在途中担心的是吉叔父。“真的是可怕的人，也就少见他罢，我只和章妈和叔母说话。”

吉叔的住家离城约五里多路，是在教会附近租的一栋民房，由吉叔住家到教会和学校还有半里多路。礼拜堂屋顶竖立着的十字架远远地望见了。学校的钟楼也远远地望见了。人种上有优越权的白人住的几列洋楼远远地望见了。在中国领土内只许白人游耍，不准中国人进去的牧师们私设的果园中的塔也远远地望见了。最后虽低矮的白人办的几栋病室也远远地望见了。经白人十余年来的经营，原来是一块单调的河畔冲积地；至今日变为一所气象最新的文化村了。

“科学之力呢？宗教之力呢？小学校的理科教员都在讴歌科学之力的伟大。但吉叔一般人说是基督教之力。”保瑛怀着这个疑问正在思索中，吉叔的住家早站在她的眼前了。

三

最先出来迎她的是吉叔的儿子保琇，今年四岁了。其次出来的是章妈。

章妈说，吉叔在学校还没有回来。章妈又说，叔母吃过了中饭说头晕，回房里去午睡去了。章妈最后问她吃过了中饭没有。

“谢谢你，我吃过了来的。”保瑛携着保琇的手跟着章妈达到会客厅里来了。厅壁的挂钟告诉她午后一点半了。

“姊姊今后住在我们家里不回去吗？”保琇跟他的父母回到老祖屋时，常到保瑛那边去耍，今见保瑛来了，靠在保瑛怀里像靠在他母亲怀里一样的亲热。

“是的，琇弟！以后我们常在一块儿。你喜欢吗？”

“啊！喜欢，太喜欢！比妈妈还要多的喜欢你。妈妈是不和我玩的。”

“啊啦！你听，瑛姑娘！他那张嘴真会骗人爱他。”章妈和保瑛同时笑了。

“瑛姑娘，你今年多少岁了？十六？十七？”

“你看我那样多岁数，章妈？”保瑛脸红红的。

“无论谁看来都要猜你是十六岁，至少十六岁！”

“十五岁哟，章妈，我是年头——正月生的，才满十四岁哟。”保瑛同时感着近来自己身体上有了生理的变化，禁不住双颊绯红的。

“我不信，只十五岁？”

“真的，瑛儿今年才十五岁。”里面出来的是吉叔母——岁数还在二十五六间的年轻叔母。叔母的脸色始终是苍白的。行近来时，颌下几条青色的血脉隐约地认得出，一见就知道她是个神经质的人。

“章妈说你头晕，好了些吗，叔母？”

“中饭后睡了一会儿，好了些了。”吉叔母一面伸出两根苍白的手指插入髻里去搔痒，一面在打呵欠。打了呵欠后，她说：“学校的用书你叔父都代你买了，你的房子章妈也代你打整好了，你和琇儿同一个房子。房子在我们寝室的后面，和你叔父的书房相连，是很精致的，方便读书。琇儿，你不带瑛姊到你们房里去看看？”

中厅两侧是两大厢房，近门首的是章妈的寝室，那一边才是叔母的寝室。大厢后面有两个小房子；其实一间大房子，中间用本墙分截作两间小房子。章妈寝室后面的一间是厨房，一间是浴室。叔母寝室后面的：一间是叔父的书房，一间是保瑛和保琇的房子。厢房的门和厅口同方向。保瑛的房子和吉叔父书房同一个出入的。经过书房，再进一重木墙的门就是她的房子了。书房的门正在中厅的屏风后的左隅。木墙门上挂一张白布帘，就是书房和保瑛保琇的房间的界线了。

保琇转过屏风后，早跑进书房里去了。叔母和保瑛也跟了过来，只有章妈向对面的厨房里去了。书房里的陈设很简单，靠窗一个大方桌：桌前一张藤椅子。近门首的壁下摆着一张茶几，两侧两把小靠椅。靠厢房的方向靠壁站着两个玻璃书橱。木墙的门和书橱的垂直距高不满五寸。接近大方桌靠着木墙摆着一张帆布椅。大方桌上面，文具之外乱堆着许多书籍。

“叔父不是在书房里歇息?”保瑛看了书房里的陈设，略放心些。

“不，他早晨在这里预备点功课。晚上是很罕到书房里来的。就有时读书也在厅前，或在我的房里。”

保瑛的房里的陈设比较的精致。靠厢方向的壁，向着窗摆着一张比较宽阔的木榻，是预备她和保琇同睡的。榻里的被褥虽不算华丽，也很雅洁的。

靠窗是一张正式的长方形的书台。叔母告诉她，这张台原是叔父用着的，因为她来了就换给她用。靠内壁也有一个小玻璃书橱。书橱和寝榻中间有一台风琴。这风琴给了保瑛无限的喜欢。书台的这边靠着木墙有一张矮藤桌和矮藤椅，藤桌上面放着许多玩具。近木墙门口有一小桌，桌上摆的是茶具。

保瑛和叔母在房里坐了一会，同喝了几杯茶，章妈跑进来说保瑛的行李送到了。她的行李是很简单的——一个大包袱，一个藤箱子。

“瑛姑娘来了吗?”保瑛和叔母坐在厅里听见吉叔父问章妈的声音。

“回到家里来，第一句就是问我来了没有，吉叔父怕不是像母亲所说的那样可怕的人。”保瑛寻思着要出来，叔母止住她。叔父也走进厅前来了。

晚餐的时候，一家很欢乐地围着会客厅的长台的一端在吃稀饭。地方的习惯，早午两餐吃饭，晚上一餐不论如何有钱的人家都是吃稀饭的。几色菜也很清淡可口。保瑛想比自己父亲家里就讲究得多了。

“岁月真的跑得快。我还在中学时代，瑛儿不是常垂着两条青鼻涕和一班顽皮的小学生吵嘴吗？你看现在竟长成起来了。”

“啊啦！叔父真会说谎。叔父在中学时代，我也有九岁十岁了，哪里会有青鼻涕不拭干净给人看见！”像半透明的白玉般的保瑛的双颊饱和着鲜美的血，不易给人看的两列珍珠也给他们看见了。鲜红的有曲线美的唇映在吉叔父的视网膜上比什么还要美的。

到了晚上，小保琇很新奇地紧跟着瑛姊要和她一块睡，他在保瑛的榻上滚了几滚，很疲倦地睡着了。叔父和叔母也回去歇息了。只有章妈还在保瑛的房里自言自语地说个不了。她最先问保瑛来这里惯不惯，其次问她要到什么时候才回婆家去。保瑛最讨厌听的就是有人问她的婆家；因为一提起婆家，像黑奴般的泰安，赤着足，戴着竹笠，赤着身的姿态，就很厌恶地在她眼前幻现出来。章妈告诉她，吉叔父对我们是正正经经的，脸色很可怕，但对叔母是很甜甜蜜蜜的多说多笑。章妈又告诉她，他们是很风流的，夜间常发出一种我们女人不该听的笑声，最后章妈告诉她说吉叔父是一个怕老婆的人。

章妈去后，保瑛暗想吉叔父并不见得是个很可怕的人，他对自己的态度很恳切的，无论如何叔父今天是给了我一个生快感的印象。叔父的脸色说是白皙，宁可说是苍白，高长的体格，鼻孔门首蓄着纯黑的短髭。此种自然的男性的姿态在保瑛看来是最可敬爱的。

“妈！妈妈！”保瑛给保琇的狂哭惊醒了。保琇睡醒时不见他的母亲，便狂哭起来。

“琇弟，姊姊在这里，不要怕，睡吧，睡吧。”保瑛醒来忙拍着保琇的肩膀。保琇只是不理，还是狂哭不止。

“啊，琇儿要妈妈，要到妈妈床上睡。去，去，到妈妈那边去。”叔父听见保琇的哭声，跑了过来。

辫髻微微的松乱着，才睡醒来的双目也微微的红肿，纯白的寝衣，这是睡醒后的美人的特征。这种娇媚的姿态由灯光的反射投进吉叔父的眼来，他禁不住痴望了保瑛片刻。给叔父这片刻间的注意，保瑛满脸更红热着，低了头，感到一种不可思议的羞愧。

四

“叔父，我不上学去了。我只在家里，叔父早晚教我读英文和国文就够了。”保瑛由学校回来，在途上忽然地对吉叔父说。

“为什么?”吉叔父翻首笑问着她。她脸红红地低下头去避他的视线。

“她们——同学们太可恶了。一切刻毒的笑话都敢向我说。”

“什么笑话呢?”吉叔父还是笑着问。他一面想身体发育比一般的女性快的保瑛；在一年级的小儿女们的群中是特别会引人注意的。她的美貌更足以引起一班同学们的羡妒。

“你不想学他种的学科，就不上学也使得。”

“数学最讨厌哟，什么博物，什么生理，什么地理、历史，我都自己会读。就不读也算了。我只学英文国文两科就够了。”

“不错，女人用不到高深的数学。高等小学的数学尽够应用的了。”

……保瑛想及她们对她的取笑，心里真气不过。

“她们怎样地笑你?”吉叔父还是笑着问。

“叔父听不得的。”保瑛双颊发热地只回答了一句。过了一刻，“真可恶哟，说了吧！她们说我读什么书，早些回去担锄头，担大粪桶的好。”保瑛只把她们所说的笑谑中最平常的告诉了叔父。

她们笑她，她和叔父来也一路地来，回去也一路地回去，就像两夫妇般的。她们又笑她，学校的副校长和异母妹生了关系的丑声全县人都知道了；段教员是个性的本能最敏锐的人，有这样花般的侄女同住，他肯轻轻地放过吗？副校长和段教员难保不为本教会的双璧。

保瑛是很洁白的，但她们的取笑，句句像对着她近来精神状态的变化下针砭。她近来每见着叔父就像有一种话非说不可，但终不能不默杀下去。默杀下去后，她的精神愈觉得疲倦无聊，她有时负着琇弟在门茵首或莱园中踯躅时，叔父定跑过来看看保琇。叔父的头接近她的肩部时，就像有一种很重很重的压力把她的全身紧压着，呼吸也很困难，胸骨也像会碎解的。

二月杪的南方气候，渐趋暖和了。一天早上保瑛很早的起来，跑到厨房窗下的菜圃中踯躅着吸新鲜空气。近墙的一根晚桃开了几枝红艳的花像对着人作媚笑。保瑛走近前去，伸手想要折几枝下来。

“采花吗?”保瑛忙转过头来，看叔父含着雪茄也微笑着走进菜圃来了。

“叔父！桃花开了哟!”她再翻转头去仰望着桃花。“一、二、三、四、五、六、六枝哟！明后天怕要满开吧。”

雪茄的香味由她的肩后吹进鼻孔里来。她给一种重力压着了，不敢再翻转头来看。处女特有的香气——才起床时尤更浓厚的处女的香气，给了他一个奇妙的刺激。

她把低垂着的一枝摘下来了。

“那朵高些儿，叔父，过来替我摘下来。”

吉叔父把吸剩的雪茄掷向地下，蹬着足尖，伸长左手探来那一枝桃花。不提防探了一个空，身体向前一闪，忙把右臂围揽了保瑛的肩膀。他敌不住她的香气的诱惑，终把她紧紧地抱了一会。

厨房的后门响了。章妈的头从里面伸出来。保瑛急急地离开吉叔父的胸怀，但来不及了。章妈看见他和她亲昵的状态，把舌头一伸，进入厨房里去了。

“对不住了，保瑛。”吉叔父望着她低着头急急地进屋里去。保瑛经叔父这一抱，久郁积在胸部的闷气像轻散了许多。

那晚上十二点钟了，保瑛还没有睡，痴坐在案前望洋灯火。叔父在叔母房里的笑声是对她的一种最可厌的诱惑。不知从什么时候起，这种笑声竟引起了她的一种无理由的妒意。“我还是回母亲那边去吧，我在叔父家里再住不下去了。我再住在这家里不犯罪就要郁闷而死了——真的能死还可以，天天给沉重的气压包围着，胸骨像要片片地碎裂，头脑一天一天地固结，比死还要痛苦。今早上他是有意的，我承认他是有意的。那么对他示同意，共犯罪吗？使不得，使不得，这种罪恶是犯不得的。我不要紧，叔父在社会上的名声是要破产的。走吗？我此刻舍不得他了。”

自后不再怕叔父的保瑛的瞳子，对着叔父像会说话般的——半恼半喜地说话般的。

“有一种怪力——叔父有一种怪力吸着我不肯放松。”保瑛身体内部所起的激烈的摇动的全部，在这一个简短的语句中完全地表示出来了。她几次想这样地对他说，但终没有勇气。她近来对叔父只有两种态度：不是红着脸微笑，就沉默着表示她的内部的不满和恨意。但这两种态度在吉叔父眼中只是一种诱惑。

“明年就要回山村去了。回去和那目不识丁的牧童作伴侣了。我算是和那牧童结了婚的——生下来一周年后和他结了婚的，我是负着有和他组织家庭的义务了。社会都承认我是他的妻了。礼教也不许我有不满的嗟叹。我敢对现代社会为叛逆者吗？不，不，不敢……除非我和他离开这野蛮的，黑暗的社会到异域去。”保瑛每念到既联姻而未成亲的丈夫，便感到一种痛苦。

五

造物像有意捉弄他们。那年秋吉叔父竟赋悼亡；有人说叔母是因流产而死的，又有人说是叔母身体本弱，又因性欲的无节制终至殒命了。众说纷纭，连住在他们家里的保瑛也无从知道叔母的死因。那年冬保瑛回山村的期限到了，段翁因族弟再三的请求，要保瑛再在他家中多住三两个月，替他早晚看顾无母之儿阿琇。保瑛自叔母死后，几把叔父的家务全部一手承办，不想再回山村去了。但在叔父家里住愈久，愈觉得章妈可怕，时常要讨章妈的欢喜。

冬天的一晚，寒月的光由窗口斜投进保瑛的房里来。她唱着歌儿把保琇哄睡了后，痴坐在窗前望窗外的冷月。章妈早睡了，叔父还没有回来。寂静而冷的空气把她包围得怕起来了，她渴望着叔父早一点回来。

“呃，深夜还有人在唱山歌！”梅岭的风俗淫荡，下流社会的青年男女常唱着山歌，踏月寻觅情人。“她们唱些什么？”保瑛在侧耳细听。

“不怕天寒路远长，因有情妹挂心肠。妹心不解郎心苦，只在家中不睬郎。”男音。

“行过松林路渐平，送郎时节近三更。花丛应有鸳鸯睡，郎去莫携红烛行。”女音。

保瑛痴听了一会，追忆及两个月前坐在叔父膝上听他们唱山歌和叔父评释给她听的时候的欢乐，望叔父回来之心愈切。

狗吠了。叔父回来了。保瑛忙跑出来开门。

“啊呀！我自来没见过叔父醉到这个样子！”保瑛提着手电灯把酒气冲人、满脸通红的叔父接了进来。

“可爱的，可怜的小鸟儿！”吉叔父把娇小的保瑛搂抱近自己胸膛上来，他和她携着手回到书房里，对面坐着默默地不说活。

“完全是夫妇生活了，我和他！”她也在这样地想。

“完全是夫妇生活了，我和她！”他也在这样地想。

默坐了半点多钟，保瑛先破了沉默。

“叔父今晚在什么地方吃醉了？”

“我们在H市的大学同学开了一个恳亲会。虽说是恳亲会，实是商议对副校长的态度。因为近来有一班学生要求副校长自动地辞职。我们当教员的当然不能赞许学生的要求。最公平无私，也只能取个中立态度。学生们说副校长下经教会会众的推选，也不经谁的委任自称为副校长。学生又说副校长近来私刻名片，借华校长的头衔混充校长了。学生们又说副校长是蓄妾的淫棍，没有做教徒的资格。学生们又说副校长和异母妹通情，久留在他家里不放回妹夫家去，害得妹夫向他的老婆宣布离婚。学生们又说副校长借捐款筹办大学的名，替正校长的美国人聚敛；美国人是一见黄金就满脸笑容的，所以死也庇护着副校长，默许他在教会中作恶。学生们又说学校能容纳这样道德堕落的校长，学校是全无价值的了。为母校恢复名誉起见，不能不把副校长放逐。可怜的就是，有一般穷学生希望着副校长的栽培——希望着副校长给他的儿子们吃剩的残羹余饭给他们吃，死拥护这个不名誉的副校长；说副校长就是他们的精神上的父亲，攻击副校长即是破坏他们的母校；骂副校长就和骂他们父亲一样，他们是认副校长做父亲的了！”

“你们当教员的决取了什么态度？”保瑛笑着问。

“还不是望副校长栽培的人多，叫副校长做父亲的多！取中立态度的只有我和K君两个人。其他都怕副校长会把他们的饭碗弄掉。要顾饭碗就不能不把良心除掉。现在社会只管顾着良心是会饿死的！

你看副校长的洋楼，吃面包牛乳，他的生活几乎赶得上人种上有优越权的白色人的生活了，这全是他不要良心的效果！”吉叔父说后连连的叹息。

“……”保瑛只默默的，不说话。

“他们很可恶的还取笑我。他们像知道我们……”

“他们取笑你什么！”保瑛脸红红地望着叔父。

“他们说，我是个不耐寂寞的人，这两三个月来是不是真的守着独身还是个疑问。”吉叔父说了后笑了。

“讨厌的他们什么话都乱说！”保瑛微笑着斜视吉叔父，表示一种媚态。

“是的，叔父，章妈真可怕哟！”她像有件重要事要对叔父说，“章妈说：‘瑛姑娘你近来变怪了，为什么专拣酸的东西吃？’她说了后还作一种谑笑，害得我真难为情。真的，我近来觉得再没有比酸的东西好吃的”。

“真了吗？我们所疑虑的真了吗？”叔父觉得自己的双颊及额都发着热。

“不知道真不真！不过那东西过了期还不见来。”保瑛蹙着额像在恨叔父太无责任了。“……”叔父只叹了一口气。

“万一是真的话，我这身体如何的处置，叔父！”

“你就回去，快回去和你的丈夫成亲吧！”无责任的、卑怯的叔父想把这句话说出来，他怕伤了侄女儿的心，又吞了去了。他只能默默地。

两人又沉默了一刻。

“除了这梅城地方外，他处没有吃饭的地方吗？”保瑛像寻思什么方法的样子，很决意地问。

“你为什么这样地问？”

“我们三个就离开这个地方不好吗？”

由教会的栽培，造成的师资只能在教会学校当教师，别的学校是不欢迎的了，就像个刑余之人一样，到外地找饭吃的问题，在卑怯的吉叔父是完全没有把握，他还是默默的。

六

保瑛回山村去时，正是春花盛开的时候。保瑛回去四五日后就寄了一封信来。她的信里说，他和她的相爱，照理是很自然而神圣的，不过叔父太卑怯了。她的信里又说虽初她是很恨叔父之太无责任，但回来后很思念叔父，又转恨而为爱了。她和他的分离完全是因为受了社会习惯的束缚和礼教的限制。她的信里又说，总之一句话，是她自己不能战胜性的诱惑了。她的信里又说从梦里醒来，想及自己的身体会生这种结果，至今还自觉惊异。她的信里又说此世之中，本有人情以外的人情。她和他的关系，由自己想来实在是很正当的恋爱。她的信里又说，她对她的肉体的贞操虽不能保全，但对他的精神的贞操是永久存在的。她的信里又说，她回来山村中的第二天的早上，发现那牧童睡在她身旁时，她的五脏六腑差不多要碎裂了。她的信里又说，她此后时常记着叔父教给她的“love in eternity”这一句。她的信里最后说，寄她的爱给琇弟。

叔父读了她的信后，觉着和她同居时的恐怖和苦恼还没有离开自己，“保瑛虽然恕我，但我误了她一生之罪是万不能辞的”。他同时又悔恨不该在自己的一生涯上遗留一个拭不干净的污点。

他重新追想犯罪的一晚。

妻死后两个月了，他很寂寞的。有一次他看见她身上的衣单，把亡妻的一件皮袄儿改裁给她。那晚上他把那改裁好了的皮袄带回来。

他自妻死后，每天总在外边吃晚饭，要章妈睡后才回来。

“你试把它穿上，看合适不合适。”他坐在书房里的案前吸着雪茄。

“走不开，琇弟还没熟睡下去。”保琇自母死后每晚上只亲着她，偎依着才睡。

“你看，他听见我们说话又睁开眼睛来了。不行，琇弟！哪里每晚上要摸着人的胸怀才睡的！你再来摸，我不和你一块儿睡了。”

叔父听见保琇醒了，走进保瑛房里来。

“不行哟！不行哟！人家脱了外衣要睡了，还跑到人家房里来！”保瑛笑恼着说。帐没有垂下，保瑛拥着被半坐半眠的偎依着保琇，她只穿一件白色的寝衣，胸口微微的露出。吉叔父痴看了一会，给保瑛赶出书房外去了。

过了半个时辰的沉默。

“睡了吗！”

“睡了，低声些。”叔父听见她下床的声响。不一刻她把胸口的钮儿钮上，穿着寝衣跑出来了。

“皮袄儿在哪里？快给我穿。冷，真冷。”

她把皮袄穿上后，低着头自己看了一会，然后再解下来。

“叔父，肩胁下的衣扣紧得很，你替我解一解吧！”

吉叔父行近她的身旁，耐人寻味的处女的香气闯进他的鼻孔里来。关于皮袄的做工和价值，她不住地询问。她的一呼一吸的气息把叔父毒得如痴如醉了。他们终于免不得热烈地拥抱着接吻。

“像这样甜蜜的追忆，就是基督复生也免不了犯罪的。”他叹息着对自己说。

自后半年之间，她并无信来，一直到十月上旬才接到她来一封信——

“……叔父，今天是我们的纪念日，你忘记了吗？我前去一封信后很盼望叔父有信复我，但终归失望了。叔父不理我或是怕写给我的信万一落在他人手里，则叔父犯罪的证据给人把持着了。如果我所猜得不会错，那我就不能不哭——真的不能不哭叔父的卑怯。我不怕替叔父生婴儿，叔父还怕他人嘲笑吗？想叔父既然这样无情地不再理我，那我就算了，我也不再写信来惹叔父的讨厌了。不过叔父，你要知道我身体，因为你变化为不寻常的身体了。我因这件事，我的眼泪未曾干过。叔父若不是个良心死绝的人，不来看看我，也该寄一封信来安慰我。我的丈夫和婆婆都有点知道我们的秘密，每天的冷讥热刺实在令人难受。叔父，你须记着我这个月内就要临盆了。我念及此，我寂寞得难耐。我想，我能够因难产而死——和可怜的婴儿一同死去，也倒干净省却许多罪孽。叔父，你试想，我这腹中的婴儿作算能生下来，长成后在社会中不受人鄙贱，不受人虐待吗？叔父你要知道我们间的恋爱不算罪恶，对我们间的婴儿不能尽父母之责才算是罪恶哟！最后我望你有一回来看我，一回就够了！我不敢对你有奢望了……”

自她生了婴儿后，气量狭小的社会对吉叔父发生了一个重大的问题——宗教上和教育上的重大问题。社会说，如果他真的有这种不伦的犯罪，不单要把他从教育上赶出去，也要把他从社会赶出去。族人们——从来嫉妒他的族人们说，若她和他真的有这种不伦的关系，是要从此地方的习惯，把女的裸体缚在柱上，一任族人的鞭挞，最后就用锥钻刺死她。把男的赶出外地去，终身不许他回原籍。虽经教会的医生证明说，妊娠八个月余就产下来的倒很多，不能硬把这妊娠的期短，就断定女人是犯罪，但是族人还是气势汹汹的。

吉叔父看见自己在这地方再站不住了。教会学校有暗示的听他自动地辞职。他把保琇托给亲戚后，决意应友人的招请，到毛里寺岛去当家庭教师。

他临动身，曾到山村的塔后向她和她的婴儿告别。他和她垂泪接吻时，听见采樵的少女在山上唱山歌。

帆底西风尘鬓酸，阿郎外出妹摇船，

不怕西风寒透骨，怕郎此去不平安。

一九二四年八月八日于蕉岭山中

（初发表于1925年10月《东方杂志》21卷20号）

* * * * *

木　马

一

C今年六月里在K市高等学校毕业了。前星期他到了东京，在友人家里寄住了两个星期，准备投考理科大学。现在他考进了大学，此后他就要在东京长住了，很想找一个幽静清洁的能够沉心用功的寓所。欧洲大战没有发生之前，在日本的留学生大都比日本学生有钱，很能满足下宿旅馆主人的欲望，所以中国学生想找地方住也比较容易。现在的现象和从前相反了，住馆子的留学生十个有九个欠馆账，都比日本学生还要吝啬了。日本人见钱眼开，对留学生既无所贪，自然不愿收容中国人了。并且留学生也有许多不能叫外国人喜欢的恶习惯，更把收容中国人的容积缩小了。

中国人随地吐痰、吐口水的恶习惯差不多全世界的人都晓得了。

去年我在上野公园看樱花，见三四位同胞在一株樱花树下的石椅上坐着休息。有一个像患伤风症，用根手指在鼻梁上一按，咕噜的一声，两根半清不黄的鼻涕登时由鼻孔里垂下来，在空气中像振子一样摆来摆去，摆了一会嗒的一声掉在地上。还有一位也像感染了伤风症，把鼻梁夹在拇指和食指之间，呼的一响，顺手一捋，他的两根手指满涂了鼻涕，他不用纸也不用手巾拭干净，只在樱花树上一抹，樱树的运气倒好，得了些意外的肥料。

我还在一家专接待中国人的馆子里看了一件怪现象。我到那边是去探访一位同学。那时候同学正在食堂里吃饭，我便跑到食堂里去。食堂中摆着几张大台，每张台上面正中放一个大饭桶，每个饭桶里面有两个饭挑子。有几位吝啬的先生们盛了饭之后，见饭挑子上还满涂着许多饭，便把饭挑子往口里送。

还有许多不情愿洗澡、不情愿换衣服的学生，脏得抵不住的时候，便用洗脸盆向厨房要了约一千升的开水拿回自己房里，闭着门，由头到胸，由胸到腹，由腹到脚，把一身的泥垢都擦下来。他们的洗脸帕像饱和着脂肪质黏液，他们的洗脸盆边满贮了黑泥浆，随后他们便把这盆黑泥浆从楼上窗口一泼！坐在楼下窗前用功的日本学生吓了一跳，他的书上和脸上溅了几点黑水，气恼不过跑去叫馆主人上楼来干涉。

有了这许多怪现象，所以日本学生不情愿和留学生同馆子住。很爱清洁的留学生也受了这班没有自制能力的败类的累，到处受人排斥，不分好歹。有一位留学生搬进去，日本学生就全数搬出，所以馆子的主人总不敢招纳中国人。

C在学校附近问了几间清洁的馆子，都说不收容“支那”人。他伤心极了，他伤心的理由是馆主人不说他一个不好，只说“支那”人不好。他的头脑很冷静，他不因馆主人不好便说日本人全体不好，他只说东京人对待留学生刻薄，因为他在K市住了三年，K市的馆子和人家都待他不坏。

C决意不在学校附近找屋子了，他也不想住馆子了。他想在东京市外的普通民家找一个房子寄居，他近来在市外奔走了几天，寻觅招租的房子。

C走了三四天，问了十几所房子，都没有成功。有的是不情愿租给中国人，有的是房租太贵，有的说不能代办伙食，有的是C自己嫌房子太宽或太窄。到了最后那一天他在东京北郊找到了一所房子。馆主人是个六十多岁的老翁，他的家族共四个人，是他，他的两个女儿和一个小女孩儿。

“先生原籍是哪处地方呢?”C的日本话虽然说得不坏，但馆主人的大女儿像知道他是外国人。

“我是留学生。”

“啊！先生是由中华民国来的吗?”

她翻转头来望着站在她后面的约三岁多的小女孩儿，很客气地说：“贵省是哪一省呢?”她再望着C说，她像很知道中国情形似的。

“我是K省人。我来日本住了六七年了，日本的起居饮食我都惯了，这点要望贵主人了解。”C是惊弓之鸟，不待她质问，自己先一气呵成地说出来，可怜他怕再听日本人说讨厌中国人的话了。

“说哪里话！哪一国人不是一样！这点倒可以不必客气。可是……等我去问问我的老父亲，想没什么不可以的。”她站起来跑进去了。那三岁多的小孩儿也带哭似的叫着“妈妈”跟了进去。

C在门口等了一会，那女人抱着小女孩儿再出来了。“那么请先生进来看房子吗？里面脏得很，先生莫见笑。”“多谢，多谢。”C一面脱靴子，一面说。他心里暗自欢喜，他到东京以来算是第一次听见这样诚恳的话。

二

馆主人姓林，我们以后就叫他林翁吧。日本人的名字本来太赘，什么“猪之三郎”“龟之四郎”，不容易记，还是省点精神好些。C常听见林翁叫他的大女儿为瑞儿，大概她的名是瑞儿了。C在他家里住了一星期，渐次和他们亲热起来。晚饭之后，瑞儿常抱着她的女孩儿过来闲谈，C才知道她的名叫瑞枝，她妹的名是珊枝，她的三岁的女孩儿名叫美兰。

“美兰像我们中国女人的名，谁取的名?”

“是吗！像贵国女人的名，是不是?”她笑着说。她不告诉C谁替她的女儿取名。

林家的房子大小有四间，近门首一间是三铺席的房子，安置一架缝衣车和几件粗笨家具。靠三铺席的房子是一间六铺席的，她们姊妹就住这房子里。她们姊妹的房子后面有一间四铺半的房子，和厨房相连，是林翁的卧室。租给C的房子也是六铺的，在后面靠着屋后的庭园，本来是他们的会客室，清贫的人家没有许多客来，所以空出来租给外人，月中收回几块钱房租。

瑞枝每日在家里替人缝衣裳，大概裁缝就是她的职业了。林翁的职业是纸细工，隔一天就出去领些纸料回来做纸盒儿，听说每日也有四五角钱的收入。除了星期日和祭日，C差不多会不见珊枝。珊枝每日一早七点多钟就梳好了头，穿好了裙，装扮得像女学生似的，托着一个大包袱出去，要到晚上八九点钟才得回来，门铃响时，就听得见她的很娇小的声音说“Tada-ima”（Tada-ima是日本人出外回来对在家人的一种礼词）。随后听见她在房里换衣裙，随后听见她在厨房里弄饭吃——她的父亲、姊姊和侄女儿先吃了，她回来得迟，只一个人很寂寞地吃。珊枝不很睬中国人，对中国人像抱着一种反感，不很和C说话。C以后才听瑞枝说珊枝是到一家银行里当司书生，每日上午八点钟至下午四点钟在银行里办事，每月有二十多块的薪俸。四点钟以后就到一间夜学校上学，要九点多钟才得回到家里，C心里暗想："原来如此，她是个勤勉有毅力的女子，所以看不起时常昼寝的我。"

瑞枝虽算不得美人，她态度从容，举止娴雅，也算一个端庄的女子。看她的年纪约莫有二十五六岁，C几次想问她又觉得唐突，到此刻还不知她多少岁数。家事全由她一个人主持，她的父亲、她的妹妹的收入都全数交给她，由她经理。他们的生活虽然贫苦，但他们的家庭像很平和而且幸福。

瑞枝闲着没有衣裳裁缝的时候，抱着美兰坐在门前石砌上，呆呆地凝视天际的飞云。C只猜她是因为没有衣裳裁缝，减少收入，所以发呆。美兰是个白皙可爱的女孩儿，她母亲说她已满二周年又三个月了。她的可爱的美态，不因她身上的破旧衣服而损其价值。她学说话了，不过音节还不十分清楚。她还吃奶——她母亲说本来可以断奶，不过断了奶之后，自己反觉寂寞。她给她的女儿吃奶算是一种对她的悲寂生活的安慰，——吃够之后坐在她母亲膝上发一种娇脆而不清白的音调，唱"美丽花，沙库拉！……"（日语"樱"之发音为"沙库拉"）的歌。唱懒了伏在她母亲胸上沉沉的睡下去。

听说美兰不会说话时，只会叫"妈妈"和"哜——"。她叫母亲做"妈妈"，肚子饿的时候也叫"妈妈"。"哜——"是她要大小便时候警告她母亲的感叹词。她一叫"哜——"，她的母亲怕她的大小便弄脏了衣裙，忙跑过来替她解除裙子。近来她能够区别大小便了。她用"哜——"代表小便，要大便时另采用一个"咘——"字。

美兰一刻不能离开她的母亲，像瑞枝一样的不能离开她。瑞枝要做夜工，美兰晚间睡醒之后摸不着她的妈妈时，便哭着叫“妈妈”，叫过几次不见她的母亲过来，便连呼“哜——”了。“哜——”仍不能够威吓她的妈妈，她的最后手段便是哭着呼“唏——”，叫得她母亲发笑。

C在美兰家里住久了，有时也带美兰到外边玩。瑞枝要美兰叫C做C叔父，美兰便叫“C督布！C督布”！

瑞枝家里的经济程度像不能够把美兰养成一个天真烂漫、活泼欢乐的女孩子。美兰先天的不是神经质的、忧郁寡欢的小孩子；她的境遇和命运把她造成一个很暗惨的女儿。C后来听人说瑞枝年轻时是一个多血质而活泼的女儿；美兰的生身父也是一个不管将来死活，只图眼前快乐的享乐主义者；那么美兰的忧郁性质当然是她的命运和逆境造成的了。

三

美兰近来穿的是一件半新不旧的青色间紫花条的绒布衫；衫脚已经烂穿了几个孔儿，听说这件衫还是去年中年节隔邻住的船长送给她的。还有一两件棉衣听说是美兰的生身父的友人的送礼。此外几件家常穿的衣服都是由瑞枝自己的旧衣改裁的。瑞枝背着美兰出去，在布衣店前走过的时候，美兰忙伸出她的小指头指着华彩的衣服说：“啊！好看的！啊！美丽的！美儿要穿！美儿要穿！”

美兰跟着她的妈妈称自己做美儿。她拼命地抱着瑞枝的颈不肯放，要瑞枝停着足看那华彩的衣服。

“美丽的！美儿想要！”美兰哭着说。

“妈妈今天没带钱，美儿！明天再来买给你。”瑞枝脸红红的屈着腰硬把美兰驮了去。美兰知道她妈妈又骗她了，在瑞枝背上双肩不住的乱摆，不愿离开那间布衣店，她哭了！美兰回到家后还在哭，瑞枝抱着她也滴了许多眼泪。

“妈妈哪里来钱？美儿！”

瑞枝只能够买三角钱一对的木屐给美兰穿，小屐的趾绊太窄，擦烂足趾皮，美兰不愿穿。她常拖着她妈妈穿的高木屐到外边去耍。她看见邻近小儿们穿的皮鞋，羡慕极了，也哭着叫“C督布！美儿要那喳喳穿”！邻近的小儿穿着橡皮鞋走路时喳喳地响，所以美兰叫橡皮鞋喳喳。C买了一对给她，带她到近郊的草场里玩。美兰高兴极了，穿着“喳喳”在草场上蹒蹒跚跚地乱跑。这是C最初的一次看美兰欢呼。

邻近的小孩子们都有父亲。每遇星期日他们的父亲都携着他们到浴堂去洗澡，洗澡之后又买饼果给他们吃。美兰站在门首歪着头，望着几个小孩子在她面前半跳半跑的口里咬着糖饼走过去，美兰只把一个小指头伸进口里去把涎水抉出来。她望着他们跟着他们的父亲高声地欢呼爸爸，禁不住一对眼睛发焰。晚间C由学校回来了，美兰牵着C的衣角呼爸爸，要C带她出去买糖饼，急得瑞枝跑过来骂美兰：“C叔父哟！不是你的爸爸哟！”

“无父的小女儿！不是的，不认得生身父的小女儿！”赋有伤感性的C几次要替美兰流泪了。

瑞枝日间很忙，不能陪着美兰玩。美兰寂寞得很，便一个人拖着她母亲穿的高木屐偷出去外边耍。她看见外边有小孩子聚着游戏，便笑着走前去，想加进他们的团体。美兰是不容易笑的，她这时候的笑是巴结他们，希望他们允许她的加入。

附近的小孩子们都鄙薄她，侮辱她，骂她“没爹仔”，骂她“私生儿”，骂她“杂种”；骂了之后还要打她，她常带着满脸的伤痕，哭着回来。总之小孩子们欢喜的时候把她来取笑开心；小孩子们争斗的时候，都把她来出气，她是他们的出气袋。有时候瑞枝买些饼果给她，她便拿去分送给附近的小孩子们，像弱国到强国去进贡。

“相依为命”要算他们母女了！瑞枝常对C说，假使没有美兰，她的生存便无意味了。美兰有时候从外边回来，遇瑞枝不在家时，哀哭着寻觅。穿入厨房，跑入茅厕，还不见她妈妈时，便哭得天昏地暗。有时候哭进C的房里来，“C督布！抱抱！看妈妈去”！所以美兰不听她妈妈的说话时，瑞枝便穿着屐去，对美兰说“沙哟拉拿”！（日本人别时用语）

有一天下午五点多钟时候，C从学校回来了。美兰拍着手在门前唱歌：

桃太郎，桃太郎！爸爸买面包，妈妈做衣裳！

C心里想美兰的妈妈果然不错，会做衣裳；但“爸爸买面包”却是个疑问。

“C督布！C督布！包包给我！包包给我！”美兰望见C不唱歌了，跑过来接C手中的书包。

C牵着美兰的手待要进屋，忽然听见后面有叮当叮当的音响，忙翻转头来看，原来是一位巡警。叮当叮当响的是他佩的剑。巡警后面还有一位穿西装的，C一眼就认得他是警察署里的外务课刑事。他们看见C都行举手礼，C也点点头回了礼。警察在门首叫了一声，瑞枝忙跑出来。

“对不起！那件事怎么样？还打算去吗？”刑事望着瑞枝，把帽脱下来点一点头。

“……”瑞枝脸红红地望一望C踌躇着。C很自重地走过一边，把靴子除掉，弯一弯腰，跑进去了。美兰紧紧地靠着母亲的膝，目灼灼地望了刑事又望巡警。巡警用手托托美兰的下颚。

“可爱的小姐！这就是督学官的小姐吗？这就是先生的小姐吗？小姐快要和爸爸会面了。”

“美儿没爸爸！”美兰翻着一对白眼答巡警。

“谁说的？”刑事笑着用手摸着美兰的头发——金灰色的头发。

“妈妈说的！”美兰便高声地说。刑事和巡警都大笑起来，只有瑞枝满脸通红，低着头。

“先生有信来吗？”

“没有。”

“那么你动身的日期还没有定，是不是？”

“去不去还没有定。”瑞枝低声地说。刑事像知道瑞枝的苦衷，很替她同情，不再缠问，说了一句“多扰了”，带着那位有机体的机器跑了。

四

星期六晚上，瑞枝叫C过去和她们一同吃饭。一张方二尺的吃饭台，脚只有五六寸高，放在她们姊妹住的六铺席的房子中间。C占据了一面，对面坐的是林翁。瑞枝珊枝分坐林翁的左右。美兰坐在她妈妈膝上。饭桶放在珊枝旁边，各人吃的饭向她要。各人面前都摆着一碟中国式的炒鸡蛋，半节日本式的火熏鱼和一红木碗油豆腐汤。美兰像不常遇着这样的盛餐，看见炒鸡蛋吵一回，指着火熏鱼又嚷一会。

珊枝恭恭敬敬地用托盘托着一碗饭送过来给C。碗里的是红豆饭。日本人遇有喜事用赤小豆煮白饭，表示庆祝的意思。

“今天有什么喜事？我还没有替贵家庆祝！”C猜是他们里头哪一个的生日。

“嘻，嘿嘿！我们这样的家庭有什么庆祝……”林翁把铁的近视眼镜取下来，拿张白纸在揉眼睛。他那对老眼不管悲喜忧乐都会流泪。

“不是美兰生日吗?”C望着瑞枝问，也希望她的回答。

“美兰的生日不知要到哪一年才有庆祝呢!”瑞枝像对C说，又像对自己说。“美儿的生日是很宝贵的，不给人知道的。是不是，美儿?”她低着头在美兰颊上接了一个吻。

“去年美兰的生日美兰要爸爸买匹鲷鱼给美兰吃，都不可得。这样冷酷无情的人也可做教育家!”珊枝气愤愤地没留心有客在座，不客气地说出来了。C不得要领地不敢多说一句了，瑞枝瞅了珊枝一眼。

“是哟！最多伪善的是教育界和宗教界。”

“是的，我的兄弟，我有一位兄弟就住在那边——F病院的旁边。今天他的第二个儿子迎亲。他知道我们不高兴过去凑趣，所以送了些红豆饭过来。”林翁把头低下来，注视着碗中的红豆饭，两手按在膝盖上用很严谨的态度，把红豆饭的来历述给C知道。“她是不肯去的”，林翁指着瑞枝说。“并且有了这个饿鬼跟着，也怕人笑话，更不应该去。珊儿说她姐姐不去她也不去。像我这么老的人还有兴趣跟着他们年轻的闹洞房吗？嘿嘿，哈哈!”

林翁的笑是一种应酬笑，他想把她们姊妹间批评教育家的话头打断（饿鬼是日本乡下人称自己儿女的谦词，像中国的“小儿”“小女”）。瑞枝没有正式的结婚，林家和他们的亲戚都当美兰的存在是一件羞耻的事。因为美兰没有父亲来承认她。

有一天美兰拿着一张相片跑到C房里来，交给C笑着说：“C督布！看美儿的可爱的脸儿！看美儿的宝贝的脸儿!”相片里面一个年轻的男子约莫有三十多岁，穿着日本的和服，抱着一个婴儿。男子像向着人狞笑，婴儿的相貌一看就晓得她是美兰。

“美儿，这是谁?”C指着那抱美兰的男子问美兰。

“爸爸！死掉了的爸爸！不爱美儿的爸爸!”美兰睁圆她的一对

小眼儿，用小指头指着相片中的男子大声对C说。我后来听见林翁说——美兰离开了她母亲之后，林翁对我说，瑞枝怕美兰长大之后会追究没有父亲的原委，所以趁美兰小的时候就对她说她的父亲如何坏，如何不爱美兰，并骗美兰说她的爸爸死了，不使美兰知道这无情的世界中有美兰不认识的父亲存在！瑞枝是想把“父亲”两个字从美兰脑中根本的铲除得干干净净！C时常看见珊枝指着相片教美兰说：“这是美儿的坏爸爸！”也常听见瑞枝对美兰说：“美儿没有爸爸了哟！美儿的爸爸早死了哟！”

C和珊枝都带个饭盒子出去，日间不回来吃饭。瑞枝打发他们去后差不多是八九点钟了，才带着美兰陪她的父亲吃早饭。她们在家的一天只吃两顿。瑞枝对人说是胃弱多吃不消化，所以行二食主义。我想瑞枝一个人虽然胃弱，林翁和美兰为什么也吃两顿呢？我虽然怀疑，但我又不敢坦直的质问。果然不错，美兰每天到下午两三点钟便叫肚子饿，这时候瑞枝只买五分钱的烧甜薯，三个人分着吃。星期日和放假日C常在家里，瑞枝要特别整备午餐给他吃，C很觉过意不去。

瑞枝背着美兰时，最怕是在玩具店和饼果店前走过。瑞枝有钱时也拣价钱便宜的买点儿给美兰。没有钱时，美兰在瑞枝背上，紧紧地从后头看着她母亲的脸，要求她母亲买给她。瑞枝看见美兰哭了，便说：“美儿想睡了。美儿，睡吗？美儿睡吗？”她从背上把美兰抱过胸前来唱着哄小孩子睡的歌儿，把街路上人的注意敷衍过去。其实美兰何曾想睡？美兰想睡时，先有一个暗示，她张开那个像金鱼儿的口打几个呵欠。

美兰近来常偷出去，跑进邻近人家的厨房里讨东西吃。装出一个怪可怜的样子，看见男人便叫“爸爸”，女人便叫“妈妈”，她当“爸爸”和“妈妈”是乞怜的用语了。

C也曾抱着美兰到玩具店里去，买了一只狗，一匹马，一辆电车，一个用手指头一按便会哭的树胶小人儿给美兰。只有一个大木马要三块多钱，C没有能力买给她。美儿用小指头指着要，她不敢哭着要求，因为她知道C不是她的妈妈，不是她的……美兰睡着的时候梦见那个木马，闭着眼睛说："马儿！马儿！美儿想骑！"

醒来的时候也思念那个木马，要C或她的妈妈带她去看那匹木马。有时候笑着向瑞枝，"妈妈给钱给美儿哟！美儿要买木马去，妈妈"！

美兰想买那匹木马有两个多月了，还没有买成功。她晓得绝望了，她不再要求妈妈买给她了，她也不要求C带她去看了，她只一个人常跑到那家玩具店去看她心爱的木马。她蹲在木马旁边用小指头指着木马和木马谈笑，木马不理她，她便一个人哈哈地大笑。残酷无情的玩具店主妇——孤独的老妇人，满面秋霜的老妇人，生意不好的时候便跑过来骂美兰，并赶美兰离开她的店门口。急得美兰歪着头笑向老妇人讨饶，连说"妈妈！妈妈"！

五

过了好些日子，听说美兰的生日到了。C买了一顶绒帽送给她做纪念。C听见珊枝在隔壁房里发牢骚。她说美儿的爸爸像野鸭，这边生一个蛋，那边生一个蛋，自己却不负责任。她又说美儿的爸爸有钱只买涂头发的香油，搽面孔的香水，去年美儿生后满一周年，没有一件东西买给美儿做纪念。她又说不但没有买半点纪念品，连一条鲷鱼（日本人有喜庆事时用的食品）都不买给美儿吃。今年瑞枝买了三匹鲷鱼替美儿庆祝二周年的诞辰。

美兰的生日后两天，下午四点多钟，C还是和寻常一样回到林家门首来了。从前见的那个外务课刑事又在门首站着像和门内的那一位说话。C不见美兰的影儿，也听不见她的娇小的歌声。美兰每天总在门首玩的，怎的今天不见出来，莫非病了吗？C 行至门首略向刑事招呼了一下，刑事也就向坐在门内垂泪的林翁告辞。刑事临去时，高声地像对在屋里没出来的瑞枝说："不要哭！哭不中用的！各警署都有电报去了，叫他们留心。一时迷了路，决不会失掉的。我回去再替你出张搜索呈请书。"林翁说美兰一早起来，睡衣还穿在身，拖着她妈妈的屐跑出去，到此刻还不见回来。早饭不回来吃，中饭也不回来吃，他们才忙起来。因为平日美兰出去最久亦不过一二个钟头就会回来向她母亲要奶吃的。今天不知为什么缘故，迷了道路吗？给人拐带了去吗？天快黑了，还不见美兰的影儿！就近的警署和站岗所都去了电报或电话去问，现在既过了半天了，还不见有报告到来，大概是给恶人拐了去了。林翁说了之后痛哭起来。她是个不知生身父为谁的女孩儿，现在又和她的母亲生离了，C 想到这点，也不知不觉地滴了几点热泪。她不是渴望着那匹木马跑出去，就不回来了吗？C 想到没有买木马给美兰，心痛得很，他总以为美兰的迷失是他害了她。

电火还没有来，瑞枝姊妹住的六铺席房内呈一种灰暗色，房里的东西什么也看不清，只认得见界线不清的淡黑色的轮廓。C 在她们房门首走过时，房门的纸屏没有关，在房中间伏着哭的瑞枝的黑影倒认得清楚，她那没有气力的悲咽之音也隐约听得见。C 很伤感，想过来劝慰下瑞枝，又无从劝。他回来的时候肚子饿了，现在给这件意外的事一吓，肚倒不觉饿了。

电火上了，差一刻就快到七点半钟了，还不见警察的消息到来。林翁的家里像满积着冰块，有一种冷气袭人。瑞枝听见邻家小孩子的哭声，重新恸哭。

八点多钟珊枝回来了。平日这时候林翁家里最为热闹，今晚上却异常沉寂。C 心里想，像这样的状态若继续下去，不单说林翁父女住不下去，就连C也觉得悲哀！

九点半钟了，来了一位巡警，说T署留着一个迷失道路的女孩儿，约三四岁，要林翁家人去认是不是美兰。瑞枝在房里听见，忙跳出来，跑向T署那边去。过了半点多钟，瑞枝意气消沉的一个人回来，哪里见美兰的影子！

过了十二点钟了，还不见警署有消息来，瑞枝知道绝望了。她再没眼泪流，只觉得脑壳像破碎了，昏昏地睡在房里的一角。

昨晚上爱儿睡在自己怀里，今晚上只一个人！瑞枝像看见美兰站在她枕畔对她说："妈妈！你为什么不把我抱着！你为什么不紧紧地把我抱着！妈妈！我每晚上睡醒时的哀哭是要你紧紧地把我抱着！妈妈！为什么骂我？为什么你禁止我哭？妈妈！我以后不再在你面前哭了！妈妈！快抱着我！紧紧地抱着我！妈妈！"

瑞枝伸出两手紧紧地把美兰抱着，忙睁开眼看时，哪里见美兰的影儿？

抱在胸怀里的是一件秋罗薄被——美兰专用的秋罗薄被！旁边的一个小花枕儿也像等她的小主人不回来，等困倦了，歪倒在一边。

"美儿！你今晚上睡在什么地方？你在哭着叫妈妈吗？你睡着吗？你醒了吗？你睁开眼睛在寻觅妈妈吗？你在哭着呼'呀——'和'咘——'吗？"

瑞枝脑中循环不息的都是这几条疑问——不再见美兰，不能得正确解答的疑问。

望见衣架上挂着几套美兰的小衣裳，瑞枝便想到美兰身上穿的是一件破烂的睡衣。"你要去，也得穿件整齐的衣服出去，美儿！你穿着那样旧烂的睡衣出去，人家更要欺侮你！美儿！美儿！没良心的爸爸虐待了你！命鄙的妈妈累了你！"

瑞枝房里几个玩具——小马儿、小犬儿、橡胶小人儿，不见美兰来和它们玩，也在席上东倒西歪地向着瑞枝说："小姐病了吗？怎的不见来和我们玩呢？我们等得要哭了！我们等得心焦了！小姐！小姐！你快来安慰我们呀！"

瑞枝看美兰站在一个渺无涯际、萧条的旷野像离群的羔羊，一个人哀哀地哭，不见有一个同情的人来看她，瑞枝又看见一个像夜叉的恶狠狠的人拖着美兰的手，强逼着美兰跟他去，美兰在后面狂哭着拼命地抵抗。瑞枝又看见那恶狠狠的人用手按着美兰的口，禁止她哭。瑞枝又看见那恶狠狠的人把美兰钉进一个木箱里面去。瑞枝又看见那恶狠狠的人和一个狡猾的老妇人在那边争论身价；美兰很瘦弱的，脸色也不像从前红润，站在那恶人身边用她的枯瘦的小手揩眼泪。瑞枝又看见美兰一刻间就长了七八岁了，满脸黑灰的在一间很黑暗的厨房里炊火。瑞枝又看见许多儿童一齐跑过来打美兰，把美兰搔得满脸的伤痕，捶得周身的黑肿。

邻近有许多小女儿，有比美兰大的，有比美兰小的，穿的衣服也有像美兰的，这种种比较都能叫瑞枝恸哭！瑞枝现在只望美兰的死耗，不愿美兰离开她活着！

一天，两天，一星期，两星期，三星期，一个月，两个月，三个月，半年，一年，还不见美兰回来，也不听见美兰的死耗！瑞枝哭着说，只要人能够去的地方，不论地下天上，她如果知道美兰的死所，她一定把尸骨抱回来！

瑞枝的心房经两次的痛击早破碎了，C 听见瑞枝哭美兰时，便后悔不该没有把那个大木马买给美兰！

一九二二年五月十五日于东京巢鸭

（初发表于 1922 年《创造》季刊 1 卷 2 号）

张资平遗笺选编

与胡适书（一）

适之先生：

自民国十四年在武昌，十八年在上海中社笔会席上，两次得瞻风采后，倏又二十年矣。兹冒昧寄呈辩明书一份，尚乞严加批判。如认为有可同情之处，请就近设法赐以援助。际此米珠薪桂，弟正饔餐不给，入狱实可以解决弟个人之生活。唯方治辈陷我弱妻幼子于颠沛流离，神必殛之！今日竟有一派人仍欲包办文化，将文化界人士或加驱逐，或加陷害，一网打尽，以图一党一派之独占！民主之谓何？

双照楼主人（注：即汪精卫）所组政府并无地质调查所之设，方治不加细察而冒昧检举我为伪地质调查所所长，此其一。

我痛心“中央研究院”岩矿标本之散失，故不计毁誉，负责保存及整理，而竟加罪，令人寒心，此其二。

以上二点，尚乞先生代向主席与陈立夫先生陈之，消弭弟案于无形，并为弟解除多年失业之痛苦，俾得追随，实感大德也。先生如不

欲加以援助，亦望发表公平之批判，唤起舆论，公之报端，以待社会之公判，为今后中国文学史留一佳话，何如？专此奉恳，并候
钧安

弟张资平拜启

三月二十日

赐教处：上海江苏路七六四弄五号三楼

* * * * *

与胡适书（二）

适之先生：

弟之辩明书分别寄呈先生与陈立夫先生，因匆匆加封，深恐将呈先生之信封入立夫先生函中，致立夫先生之信封入先生函中，如其然，不敬之罪，诚不敢辞。敬恳先生将致立夫先生信代为转交。弟对于方治之检举，有不能已于言者，今不避重复，再为先生陈之。

（一）方治以市党部主任地位，在废止党治之后，对于伪府有无地质调查所之设，不加细察，遽检举我为伪府之地质调查所所长，其检举之违法。此其一。（按：申述“伪府地质局局长”为不实之词）。

（二）我痛心“中央研究院”所遗弃之岩矿标本，无人保存及整理，故不顾毁誉，出而为之保管及整理，认为有此责任。乃反以此为罪，则中国今后将无见义勇为之人矣。

以上两点甚望先生代陈之主席，并商之陈立夫先生，设法消弭弟案于无形。若能更进而为之解决多年失业之痛苦，俾得追随左右，尤深感激。若先生以为不能援手，亦望加以公平之批判，公之舆论，以待社会之公判也。耑此，敬候

钧安

弟张资平拜启　三月二十日

弟近编有西洋文学思想史，约六万字，能否代介绍与朱经农先生处，尚恳赐复。

赐教处：上海江苏路七六四弄五号三楼

* * * * *

我之声明

我今先将我与伪府中人交游经过，简述之如次。

（一）远因。

（1）因民国十七年济南惨案，上海日本陆战队侮辱北四川路同胞，我极愤慨，写成一篇排日小说《天孙之女》，此书引起日本使馆之抗议，禁止发行。有前文艺书局经理李君为证。

（2）因当时目击公共租界日籍巡捕凌辱我国小贩童，与之争论，结果我亦被辱，故写成第二篇排日小说《欢喜陀与马桶》。此书存陈震大律师处，可作物证。

（3）民国二十一年春夏之交，《上海晨报》社长潘公展先生向我索稿，以淞沪战役为题材，写成第三篇排日小说《无灵魂的人们》。

我因写了这三篇排日小说，遂接到驻沪日使馆情报部及日本海军陆战队之书面及口头警告。

（二）近因。

民国二十六年，上海沦为孤岛。我适居住沪西，敌宪兵队即设于附近梵王渡路。当系日本使馆情报部之策动，便服敌宪及台湾人，根据上述三书，谓我为抗日分子，来多方威吓，要求答复。我遂避往香港。民国二十七年秋在梧州广西大学任教。不幸梧州被炸，学校迁桂林。我请假一月，由安南回沪，拟举家迁桂，在准备动身期中，广西大学之解聘书至矣。

敌方探知我既回沪，又派刑事来威吓，并遣台湾人及留日同学来恫吓或诱惑。我表示不识政治，唯知读地质学。

至民国二十八年初夏，日方同盟社捏造谣言，谓我于五月廿（二十）日在东京参与东亚和平会议。其实十九日晚，我尚与暨南大学职员在二马路时代剧场观看张文娟之《乌盆记》。我曾去函质问《大美晚报》，据答复，系出自敌方同盟社通讯。再向同盟社质问，据复称，“在东京之张资平乃蒙古代表，并非足下”。我乃请朱启超大律师为法律顾问，在《申报》登启事，措辞稍激烈，遂引起敌方宪兵队及情报部之愤恨。一星期后即接到敌方情报部岩井英一之最后通牒。因居住地关系，故失去言论及行动之自由。

（三）绑票式之派委职务。

因日方常来威吓，留日同学劝我须明哲保身。我虽知其绝无生命危险，但受烦扰及“尾行”（出入有人跟踪）之精神痛苦，非身历其境者所不能领会也。彼等初以大学校长为饵，继之以部次长相诱，我答称仅专攻地质学，不想做官。彼辈乃不征求我之同意，遂发表我为农矿部技正，此农矿部不久即解消，同部职员，中央概不加罪，但我并未签到。唯当时因生活关系，曾赴直京向友人告贷度日，并要取消技正名义，但不获许可。偶因细故，我乘机大闹公堂，以为必可获“革职之荣誉”，而双照楼主人反令该部部长赵毓松和平解决。总之，我对此职从未签到也。

我在南京常发表讽刺及规劝伪府与敌方之文字。敌方大怒，敌宪常来传讯，几酿成文字狱。友人陈柱尊氏通知我，敌外交文化当局及宪兵队对我之态度，极不满意，并劝我须与敷衍，否则将有不测之祸。便衣敌宪常来访问，故意以重庆友人之消息相询（例如郭沫若、黄琪翔等人近况如何），令人哭笑不得。陈柱尊氏欲聘我为博物委会委员，我亦拒绝。渠又不得我之同意，先发表矣（此聘任委员月支车马费一百元，我何至同意？盖亦由日方授意者）。

最后始由日本泷庸博士，同情我之窘境，并反对敌方封我之无礼，出任调停。我不得已，允以私人资格为博物院整理岩矿标本。当我发现“中央研究院”及地质调查所所遗留之标本时，深感有加以保存及整理之义务，毁誉在所不计矣。故勉为其难，略加分类，并将一部分之化石及矿物陈列为博物馆标本。“中央研究院”之接收人员当能为我证明，亦当能得胡适之、翁文灏、李四光诸先生之同情也。若非我加以保存，则名贵标本将逐渐为敌方大小矿业分司窃尽矣。

民国三十三年一月九日，我即脱离南京，回上海当小掮客以自活。

以上所陈，为功为罪，唯待文化界之公判而已。

最后尚须一言者，以我留日本东京帝大之前辈资格，若稍加活动，尽可任伪部长，但我不欲也。又何至于同意任一技正耶？我如欲谋利，尽可改名换姓为敌方各公司充买办阶级而发大财，但反问良心，亦不欲也。我为避免敌伪关系，曾尽其最力之挣扎，当能得社会之谅解。

（四）被检举内情。

让一步说，即谓我之任伪技正等职亦出自愿，但技术与政治无关，我亦未常凭借敌伪势力以害人，且常对双照楼主人尽其诚恳之忠告，故双照楼主人曾亲笔下令禁刊我所写小说《青磷屑》。又据去年春行政院令，曾任伪府之技术人员尽可先任用，不必严加录用之期间限制。然则我更可不受检举也。

方治何以检举我，因受其部下姚中仁之蒙蔽也。今试述其内情如次。

我居住江苏路多年，仅一贫无以立锥之三房客耳。民国三十四年胜利后，有假冒军人之姚中仁，自称受大房东委托，来逼我等迁让，危词恫吓。我因无经济能力另觅房屋，故未予同意。姚中仁乃怀恨在心。

1. 姚中仁之种种官衔：

（1）初来时，军服军帽，自称中央军校某期生，在军委会政治部邓文仪将军部下任要职。

（2）改称为徐州绥靖公署驻沪主任，顾祝同将军亲信。

（3）不久，忽脱去军服，自称为社会局吴开先局长之门下，亦收有多数“学生子”，故得任南市市场管理主任，兼三青团某队队长。

（4）自称与方治主任同乡，且有世交，从前在经济上曾援助方治，亦认识方治之日本夫人，故极有力量。

2. 姚中仁所用种种手段：

（1）穿军服，偕一“平定”符号之士兵，将二房东刘黄氏驱入于亭子间，占据其住室。

（2）用自来水笔写这多数字条，欲将二房东所有家具加封，占为己有。

（3）带来多数“学生子”（上海所谓白相人）危词恫吓，逼我等迁出。

（4）占据我等三楼前厅，因引起邻室谢君之反对。继又派其学生子占据楼下房客陈某之花园小房。故陈谢二人诉之长宁分局（有案可查，前年十二月间）。姚中仁自知假冒军人占领民居之违法，将住室出顶，骗得巨额顶费。

3. 由下述事实，可证明方治受姚中仁之蒙蔽：

（1）姚中仁初来时，知不能强占我住室，乃以检举相威吓。表面上称我为文学先辈，并问我在伪府中任何职。我知其存心，故漫应之为“地质调查所所长”，因伪府并未设此学术机关也。不料方治即检举我为伪府之地质调查所所长。此证明姚中仁蒙蔽方治者一。

（2）我与方治主任素昧平生，何以对我家人之住室分配了若指掌。因高检处拘票上注明我家人某住何室，某又住何室，张某多在三楼某室。方治似曾辱临吾家，且认识我之妻室。此证明姚中仁蒙蔽方治者二。

（3）方治之检举若出之于公，则尚有多数伪部次长，特任兼任人员，立法、监察两院委员，何止数千人？方治何不取伪府职员录，择其与伪府关系百十倍于我者，先加检举？乃独检举因开罪敌方，被逼从事技术工作之一聘任小职员耶？此证明姚中仁蒙蔽方治者三。

方治对此绝无仅有之不肖党员姚中仁，必有适当之制裁，而去此足以伤国民党声誉之小污点也。

管评二则

关于苏曼殊

讲完了两个故事，来说说苏曼殊和张资平这两个广东人。

苏曼殊，名玄瑛，字子谷，号曼殊，小字三郎，始名宗之助，珠海人，南社诗人，身世清苦。清德宗光绪十年（1884年）生于江户，中华民国七年（1919年）卒于上海之广慈医院。父早死，母亲后与广东珠海商人苏某结婚，五岁的他改姓苏，随之到中国。未几，其母不堪苏妇欺凌，回到日本，留下八岁的苏曼殊，独自在苏府，受尽排挤、冷眼。其父出钱把他送到香港就学，跟西班牙牧师罗弼·庄湘学习外文。十一岁继父死。苏曼殊年幼饱尝人间苦辛，四顾无依，促使他十二岁时就遁入空门，入长寿寺为僧，法名博经，号曼殊，后又受戒于雷峰海云寺，任知藏于南楼古刹。

十三岁渡日本省母，始学泰西美术（今称油画，讲究透视关系）。十七岁，学政治，陆军。十八岁，受庄湘资助赴泰国学梵文于乔悉磨长老。二十岁入西湖灵隐寺，至上海，任《国民日报》编译。二十一岁，赴泰国主讲盘谷青年学会；又至斯里兰卡。次年回西湖，游金陵，主讲祇垣精舍、陆军小学。返日本与经济学家刘申叔（师培）办《天义报》。次年归上海，主太平洋报笔政，后数至日本，游西湖，三十五岁在上海患肠胃疾。

苏曼殊自幼失怙，孤苦不堪，由于身世孤苦，他十三岁东渡日本省母，母亲河合氏执意要为他完婚，介绍一位亲戚家的女子（苏曼殊在《断鸿零雁记》里以“静子”代其名）。在日本，僧徒是可以结婚的，他也很爱那静子，诗书画都很谈得来。但他仍执着于戒身，没有应允母命，并抱怨母亲：

丈室番茶手自煎，语深香冷涕潸然。
生身阿母无情甚，为向摩耶问夙缘！

懊悔、内疚，不能了断尘缘、放下诸念，这就是曼殊在戒行中趔趄前行、左顾右盼的根源。他曾想效仿三衣一钵，日中一食，树下一宿的头陀，可又怎么做得到呢？以情求道，终于使他不能成为得道的高僧。

一生浪漫，喜吸雪茄烟，嗜糖，尝购满袋以当食。在日本尝饮冰五六升，比晚不能动，人以为死；视之，还有气，明日复饮冰如故。少时父为聘女，后因贫，女绝去。尝入倡家哭之，倡皆吓走。晚虽好狭邪游，未曾破其禅定。却与肥女求婚。庄湘欲以女儿雪鸿妻之，却以法却之。

——章太炎《苏曼殊遗画并言》

诗人和艺术家的气质，决定了他的潇洒不羁，放浪形骸，在感情的处理上，偏执与个性化，也正是这个情感的个性化，阻碍了他的圆觉。

苏曼殊一生有过三次出家，都在20岁以前。起初，他随新会慧龙寺的赞初和尚出家，却因违犯寺规被逐出山门；16岁左右因初恋失败又到蒲涧寺出家，道是“以情求道”，为时不久，又飘然而去。未几又到广东博罗，坐关三月。其后至番禺县雷峰寺落发为僧，具足三坛大戒，不久又离开。接下来，他效法玄奘、法显白马投荒，去泰国曼谷朝圣，在玉佛寺拜乔悉摩长老为师研习梵文，又独身前往斯里兰卡菩提寺开筵讲经，再途经越南回国，再度受戒。

文人出世，僧人入世，史所多见。而一出一入，多有抵牾，故事亦多。文人性傲，释子色空；白居易、柳宗元等诗人常入佛门问道，但终未皈依；武则天恭请六祖入京奉养，六祖托以健康不佳，愿终老山林。

即使有皈依者，必是乘途坎坷，趔趄前行，甚为艰难。盖以心求道者少，以情求道者多。诗人苏曼殊亦僧亦俗，皆所风流，传为佳话，即是如此。

尽管苏曼殊在修行方面诸多障碍，但在研究佛学、佛教史方面，甚有造诣，建树多多。均是难得的鸿篇（惜其中多已散失）。这得益于他天资聪慧，以及早年研修欧文、梵文，并多次南渡泰国、印度、斯里兰卡、印度尼西亚，向乔悉摩长老求教。

梵文八转十罗，瑰丽微妙，被人称为天书。乔悉摩长老很早就发愿精研梵文。长老认为文辞简丽相俱者，莫若梵文，希望苏曼殊努力学习梵文，回到中土，能够为沟通汉梵文字做些工作。

著有《梵文典》八卷，《初步梵文典》四卷，《梵书摩多》《提文沙昆多罗》《岭海幽光录》《娑罗海滨》《豚迹记》《泰西群芳》《名义集》《法显佛国记》《惠生使西域记》《地名今释》《旅程图》。英译《燕子笺》《曼殊画谱》。传者有《拜伦诗选》《文学因缘》《潮音集》《汉英三昧集》《悲惨世界》《断鸿零雁记》《天涯红泪记》《焚剑记》《碎簪记》《非梦集》《燕子龛随笔》十余种。其他人所掇拾者，有蔡哲夫辑《曼殊遗画》一卷，王德锺辑《燕子龛遗诗》一卷，沈尹默辑《曼殊上人诗稿》一卷，冯秋雪辑《燕子龛诗》一卷，柳无忌辑《苏曼殊遗诗》一卷，周瘦鹃辑《燕子龛残稿》五卷，段菴旋《燕子山僧集》一卷、罗芳洲辑《曼殊遗著》一卷等。

苏曼殊文风洒落雅逸，词很纤巧，韵很清谐，平生著作，以小记为多；然不及诗之空灵超脱。又工绘画，兼通欧文、梵文和日文。

在苏曼殊致玛德利（马德里 Madrid，西班牙首都，即指西班牙）庄湘处士的信里，也可以看出他的佛学和梵文功底：

三斯克烈多者，环球最古之文，大乘经典俱用之。近人不察，谓大乘经为巴利文，而不知小乘间用之耳。……就各种字中，那迦离最为重要，盖三斯克烈多文，多以那迦离誊写，至十一世纪勒石镌刻，则全用那迦离矣。天竺古昔，俱剥红柳皮即桎皮，或棕榈叶即贝叶作书。初天竺西北境须弥山，即喜马拉耶，其上多红柳森林，及后延及中天竺、东天竺、西天竺等处，皆用红柳皮作书。最初发见之三斯克烈多文，系镌红柳皮上，此可证古昔所用材料矣。

及后回部侵入，始用纸作书，而桎皮贝叶废矣。惟南天仍常用之，意匆忘本耳。桎皮贝叶，乃用绳索贯其中间单孔联之，故梵土以缬结及线，名典籍为素怛缆或修多罗，即此意也。牛羊皮革等，梵方向禁用之，盖恶其不洁。

对佛教史，苏曼殊有独到的见解：

昔白起为秦将，坑长平降卒四十万；至梁武帝时，志智者，将斯悲惨事，用警独夫好杀之心，并示所以济拔之方。武帝遂集天下高僧，建水陆道场，凡七昼夜，一时名僧，咸赴其请，应赴之法自此始。检诸内典，昔佛在世，为法施生，以法教化，一切有情，人间天上，莫不以五时四教，次第调停而成熟之；诸弟子亦各分化十方，恢弘其道。迨佛灭度后，阿难等结集三藏，流通法宝。至汉明帝时，佛法始入震旦，风流乡盛。唐宋以后，渐入浇漓，取为衣食之资，将作贩卖之具。嗟夫异哉！……

正因为对佛教历史、佛教正义的深刻理解，他才能够做到一个摩耶所应该做到的戒修，他能够终生为年幼时争食鸽肉而感到愧疚，及长重又回广州长寿寺受具足戒。说明他一旦理性战胜情感时，便会义无反顾地反诉诸己。但有时感情占了上风，他却不能以无量清净证得六波罗。任何感情，是代替不了理性的，“出则遍十方，入则观自在”，非寡欲清心，难以为般若摩诃。

苏曼殊对色空的觉悟，即可以作如是观。明知不能参透色空至于寂灭，却又不愿突破僧的底线，精神上一度十分痛苦，自况为“行云流水一孤僧”。他生前足迹遍及广东，在广州、东莞、中山、珠海、番禺，澳门都逗留过或短暂居留（包括出家）。现在的珠海市沥溪村西街 27 号一间青砖土木结构的民房，据传是苏曼殊的故居。然而，他没能做到无欲无嗔，总是无从出脱。

在倓虚老法师的《影尘回忆录》里，提到与苏曼殊同时代另外还有一个曼殊，叫曼殊揭谛，年龄、身世都与苏曼殊相仿，比苏曼殊小一两岁；母亲也是日本人。性格狂放，洒脱无羁，与苏曼殊酷似，文学水平很高，是个知识分子。两个曼殊如此相仿，且都是出家人，真是很有意思。

1925 年 9 月，应日本僧人水野梅晓的邀请，倓虚法师率团赴东瀛，26 人中就包括曼殊揭谛。倓虚法师回忆说：“曼殊揭谛也很有才气，专门学密宗，对其他各宗也很熟。举止动作也很解脱，不拘小节。专我很投缘，没事就一块闲谈。说话有些天真气派，和我很谈得来。其他那些新学派人，他都对人不大接谈，说话也冷酷得很!”

倓虚法师对苏曼殊的评价，似不及曼殊揭谛好。他对苏曼殊的评价是这样的：“不知在哪世修下这么点慧，因为没有佛来辅助，慧也成狂慧了。所以他写出来的东西，都是些风花雪月、满腹牢骚。他的外表长得很好，可惜是一个天阉，这是他一生最大的遗憾!”从这一段评价看，倓虚法师用了“天阉”这个字眼，他大概怀疑苏曼殊是因为性功能障碍，才不谈婚娶，而非守戒。倓虚法师有他自己的看法，不好妄加是非。检诸典籍，并未见曼殊“性功能障碍”之说。根据研究者、苏曼殊的生前友好评价，苏曼殊的一生，已属不易。

鲁迅对苏曼殊的诗文评价很高，鲁迅在给友人的信中说：“曼殊和尚的日语非常好，我以为简直像日本人一样。”又说：“曼殊和尚是一个古怪的人，黄金白银，随手化尽，道是有钱去喝酒风光，没钱去庙里挂单。与其说他是虚无主义者，倒应说是颓废派。”在回忆《新生》的文章中鲁迅写道：“苏曼殊与拜伦还有缘时，也译过好几首诗歌。但译文古奥得很，也许曾经章太炎先生润色的罢，所以真像古诗，可是流传倒不广。后来收入他自印的绿面金签的《文学因缘》中，现在连这《文学因缘》也少见了。”

他的老师陈独秀也评说：“人家也都引为笑柄，其实正是他的自杀政策。他眼见举世污浊，厌世的心肠很热烈，但又找不到其他出路，于是便乱吃乱喝起来，以求速死。在许多旧朋友中间，像曼殊这样清白的人，真是不可多得了。”

苏曼殊一生只度过了三十五个年头，这期间，正是戊戌变法失败、袁世凯称帝、光绪慈禧相继去世，辛亥革命成功的历史时期，苏曼殊躬逢其盛，不可能置身局外。他曾在《民立报》上发表《释曼殊代十方法侣宣言》：

……自民国创造，独夫袁氏作孽作恶，迄今一年。擅操屠刀，杀人如草；幽蓟冤鬼，无帝可诉。诸生平等，杀人者抵；人伐未申，天殛不逭。况辱国失地，蒙边夷亡；四维不张，奸回充斥。上穷碧落，下极黄泉，新造共和，固不知今真安在耶？独夫祸心愈固，天道益晦；雷霆之威，震震斯发。普国以内，同起伐罪之师。衲等虽托身世外，然宗国兴亡，岂无责耶？今直告尔：甘为元凶，不恤兵连祸极，涂炭生灵；即衲等虽以言善习静为怀，亦将起而褫尔之魂！尔谛听之！

这篇宣言影响很大，正是它为苏曼殊赢得了“革命和尚”“兵火头陀”的美誉。

同时，他与孙中山、蒋介石夫妇、陈独秀、章太炎、柳亚子、刘半农、章士钊、黄兴、宋教仁、陶成章、邹容、陈天华、廖仲恺、何香凝、冯自由、刘季平（即刘三）、何梅士、赵声、于右任、陈去病等辛亥革命人士过从甚密。并与陈独秀一道办报纸，鼓吹革命，积极倒袁。在与陈独秀共事时，陈独秀对他帮助很大。

陈独秀赞成苏曼殊加入柳亚子的南社，说南社是宣传排满的革命文学团体，成员大部分是爱国的革命诗人、作家、学者。柳亚子是诗坛宿将，南社旗手，认为苏曼殊的生活和诗，必得其益。并一再鼓励尽快将《茶花女》《梵文典》后几部抓紧翻译。

没有想到，正是辛亥革命成功、国家需要人才的时候，苏曼殊因肠胃病离世，时年三十五岁。在他弥留期间，柳亚子一直守候在上海广慈医院苏的病榻旁。逝世时间是1918年5月2日。

关于张资平

一

研究现代文学史，绕不开创造社的话题，而研究创造社，又绕不开张资平这位创始人及其自然主义创作思想的话题。

由于种种历史原因，张资平已经“沉默”了半个世纪，关于他的作品，他的文学创作经历，渐渐不为人所知，这是很令人扼腕的。本文就他的文学创作，谈一点研究的体会，当然，也很难不涉及他的身世。

张资平，原名张星仪，又名张秉声，1983 年 5 月 24 日出生在广东梅县东厢堡三坑约留余堂。祖先是一个富贾，他出生的时候，家道已经不复当年的豪华气派。

少年的张资平，身体瘦弱，营养不良，头发发黄，夏天一身的痱子，还有疱疖，和贫穷的农民家的孩子没有两样。

广东梅县在前清称为嘉应州。嘉应州是直隶州，辖有四县。那时候，梅县只是嘉应州的一个县，不能像现在这样混称。梅县下面又分三十六堡。

梅县的东门外，离城约三里多路，有一小村，叫三坑约，属于三十六堡之一的东厢堡，张资平就是在这个三坑约长大的。

当我五六岁的时候，喜欢和村童一起玩，东走西跑，有时跟他们走到离我的住家两里多路的饶公桥下的小河里去泅水，有时又跟他们走到约一公里多远的关帝庙里去攫明圣经。对于“学而”“先进”一句也不能记忆，而对于“汉寿亭侯……”的明圣经背诵得非常熟口。

老祖母担心着我会迷失道路，不能回来，故她常常教我说：“你要记着，若你迷失了道路，有人问你是哪地方的人时，你便说，广东省，嘉应州，东厢堡，三坑约，留余堂，张××的第三孙儿！”

——张资平《从黄龙到五色》

所以自那时起，他记得自己是客家之后。

张资平的启蒙教育，得益于父亲耳提面命，认为父亲也是他的老师，是他一生中很值得纪念的人。1906 年（光绪三十二年），张资平开始进广益学校学英文了。他认为“这又是值得我去纪念的一年”。

张资平幼年失恃，只有父亲和祖母是他最亲近的人。而父亲又很穷，每月七元大洋的薪水，要养活一家人，张资平渐渐感到自己身上的压力和一种责任感，同时也感到自卑。他开始变得老成、稳重。有时看见当举人的伯父的儿子，穿着官立学校校服，耀武扬威走回来，他便远远地避开；对家境好的人家，不免产生几分妒忌。由于经济的拮据，年少的张资平想买书、想做件长衫，都很困难，不能像人家，冬天穿得暖暖的，热天穿着百竹纱褂子，他开始过早地承受生活的压力，变得郁郁寡欢，常常躲在一边流泪。

乡村孩子求学之路，既有坎坷、艰辛、苦楚，也有金榜题名的得意、欢快。但这坎坷不平的道路，埋藏着多少狂波险浪！想起自己飘零如寄，身如不系之舟，其境其情，与这首词所描述的差不了多少。

辛亥革命开始，封建社会开始土崩瓦解，追求科名的已经失去往日的热情，心灰意冷。在学校里，担任校长（监督）的，都是些当年留日的学生，或者是留日的速成生，举人相对就很少了。

几年后，广东局势渐趋安定，当局已有为新国家造就输送人才的表示，决定选拔人才去留学，招考的章程已经发布。

他在几位老师的鼓励之下，报考了。但他学历不够，只有广益学堂的一张毕业证书，既不是中学，也没写小学，报考时遇到了麻烦。但当局求才心切，而教育司的钟荣光又是个极平民化、富有民生意识的人，对此并没有强调所谓“按政策办”，或“办了你别人怎么办”，给他立即办理了报考手续。

二

张资平，无论文学史如何评价他，对于创造社期刊的诞生而言，他是一个不可以绕过的人物。郭沫若在《创造十年》中将创造社期刊的最初萌芽归结为他与同学张资平的一次谈话。在二人对国内文学期刊的批评中，萌生了创办为学期刊的设想。而张资平也是创造社期刊酝酿阶段仅有的四位同人之一。

恐怕在我们四人中，对于创造社的经过，以我为最不详悉。至关于文艺方面的事情可参看《创造季刊》《创造日刊》《创造周报》《创造月刊》，以及《洪水》等。创造社之有具体的章程，还是在出版部成立之后，载于《洪水》特刊内。

我以为创造社的黄金时代是在《日刊》和《周报》同时进行的时代。后因经济压迫，都停刊了。达夫有一篇《离散之前》，是纪念这时代的杰作吧。又沫若在学艺大学教授国文时，选了韩退之的

《祭十二郎文》作教材之后，便接着选达夫的《采石矶》。这也是值得我们追忆的一件事。

我对于季刊每期写了一篇短篇。但对于《创造日》和《周报》则全未尽力。第一因为我在那时的生活不适于写文艺，第二住在深山里看不见一本新书，纵欲搜索枯肠，也写不出好的文章来。在这期中，——1922 至 1924 年间——郭、郁、成都在上海很热情地谋社的发展。就中以成个人的努力为最大。当然，在文章方面，还是由郭撑大旗啊。

不知道是什么因缘，我每过上海，总会不着他们三人。1924 年秋，我应武昌大学之聘，经过上海，只会见全平、灵凤、贻德、良才、隐渔诸社友。据他们说，郭回日本去了，成赴广州去了，郁则北上了。希望能会见他们的，不图又落空，很觉失望。幸喜郑心南兄走来和我说，我的高中《地矿教科书》出版了，这才安慰了我不少的旅愁。

——张资平《杂忆》

张资平于 1922 年回国，同年 5 月底，在梅县蕉岭矿山中工作，任中美合办蕉岭铅矿厂经理。这一时期，他利用业余时间，积极创作以婚恋生活为题材的小说，如《双曲线与渐近线》《梅岭之春》等。以刻画青年男女性心理见长的作品即创作于此时。

两年后（1924 年），张资平和熊淑琴结婚。熊淑琴是梅县泮坑熊屋人，毕业于广益女子师范学校。秋天，张资平应聘到武昌任师范大学岩石矿物学教授，讲授地理学、地质学。

1924 年年底张资平到武昌大学任生物和国文教授。

1926 年北伐战争中参加国民革命军，张资平被任命为总政治部国际编译局少校编译。

1928年3月应成仿吾之邀到上海参加创造社出版部工作，但夏天即脱离创造社，9月自办乐群书店，并出版杂志《乐群》。

关于这一段的经历，许多资料已经有详尽的记录。我们所要关注的是，张资平的文学创作思想在这一时期的发展变化。

谈到张资平的文学作品，我不能不谈谈自然主义这个话题。

自然主义是18世纪出现的一种文学思潮。至少在18世纪法国作家克洛德·克雷比雍（1707—1777）的著作里已见端倪。他在《心和精神的迷惘》（1736）一书里声称，他要用小说形式为人类社会写一部“布封的《自然史》的有用的补篇”，而且认为“这样地被通情达理的人所轻视的小说”“可能是一切文学体裁中最有用的一种，……成为人类生活的画图……人终于看见自己的面目”。为贯彻这一主张，使小说成为后世自然主义者所说的“人的资料”，他甚至将真实的情书一字不改地穿插在自己的小说里。

从19世纪60年代下半叶开始，在泰纳的实证主义美学、法国医生吕卡思的《自然遗传论》（1847—1850）、达尔文的《物种起源》法译本（1862），特别是生理学家克洛德·贝尔纳的《实验医学研究导论》（1865）的启发下，左拉发表了《我的仇恨》（1866）、长篇小说《黛莱丝·拉甘》序言（1867）、《实验小说》（1880）、《戏剧中的自然主义》（1881）、《自然主义小说家》（1881）等一系列论著，全面系统地阐述了自然主义的文学观点。

自然主义的特点是：

第一，对所描写的人和事采取无动于衷的态度。如左拉所说的：“我看见什么，我说出来，我一句一句地记下来，仅限于此；道德教训，我留给道德家去做。”（《书简》）

第二，自然主义不仅要求作家有科学家的态度，而且要求作家使用科学家的方法，即实验的方法。左拉说："假如实验的方法可以引导人们去认识物质生活，那么，实验方法也可以引导人们去认识感情和精神的生活。"（《实验小说》）所谓使用实验的方法，就是作家通过对现实生活的观察搜集到大量关于人的资料后，把人物放到各种环境中去，以便试验出他的情感在自然法则决定下的活动规律。自然主义的小说就是这些实验的记录，故称"实验小说"。按照左拉的说法，正如科学实验者是自然的审问官，实验小说家是"人和人的情欲的审问官"。

第三，自然主义者在人身上只看到感觉和本能。他们既然认为是生物学规律决定人的心理、性格、情欲和行为，便在作品中着重探索人物生理上的奥秘，阐明它对人物的影响。左拉指出，自然主义作家"继续进行着生理学家和医生的业务"。

第四，自然主义者反对对普遍的现实生活进行典型的概括，而主张仅仅"让真实的人物在真实的环境里活动，给读者一个人类生活的片断"。在人物塑造方面，左拉指责现实主义者笔下的英雄人物是夸张的产物，是一种浪漫主义的表现，他提倡写平庸的人，写小人物，甚至宣称"小说家如果只接受共同生存的日常生活，那他就注定了非杀掉他的英雄人物不可"。在故事情节方面，左拉认为"故事愈是平常而普通，愈是具有典型性"。

对于自然主义，茅盾讲过："科学的精神重在求真，文艺亦以求真为唯一的目的。自然主义作家应立足于科学的求真精神。""自然主义的真精神是科学的描写法。见什么写什么，不想在丑恶的东西上面加套子，这是他们共通的精神。"

茅盾还说："自然主义者最大的目标是'真'，在他们看来，不真的就不会美，不算善。……自然派的先驱巴尔萨克和佛罗贝尔等人，更注意实地观察，描写的社会至少是亲身经历过的，描写的人物一定是实有其人（有 model）的。这种实地观察的精神，到自然派便达到极点。他们不但对于全书的大背景，一个社会，要实地观察一下，即使是讲到一爿巴黎城里的小咖啡馆，他们也要亲身观察全巴黎城的咖啡馆，比较其房屋的建筑、内部的陈设，及其空气（就是馆内一般的情状），取其最普通的可为代表的，描写入书里。这种功夫，不但自然派讲究，新浪漫派的梅德林克等人也极其讲究，可以说是现代世界作家人人遵守的原则。然而中国旧派的小说家对于此点，简直完全忽视，新派作者中亦有大半不能严格遵守。旧派中竟有生平从未到过北方而做描写关东三省生活的小说，从未见过一个喇嘛，而竟大做活佛秘史。这种徒凭传说向壁虚构的背景能有什么‘真’的价值？……大家在几本书上乱抄，再加了些杜撰，结果自然要千篇一律。……中国旧派小说家作小说的动机不是发牢骚，就是风流自赏。恋爱是人间何等样的神圣事，然而一到‘风流自赏’的文士的笔下，便满纸是轻薄口吻，肉麻态度，成了‘诲淫’的东西；言社会言政治又是何等样的正经事，然而一到‘发牢骚’的‘墨客’的笔下，便成了攻讦隐私，借文字以报私怨的东西。这都因作者对于一桩人生，始终未用纯然客观心理去看，始终不曾为表现人生而描写人生。中国的淫书，大概总自称‘苦口婆心意在劝世’，而其实不免于诲淫，就因为‘劝世’的话头是挂在嘴上的，而‘风流自赏’的心理却是生根在心里的。自然派作者对于一桩人生，完全用客观的冷静头脑去看，丝毫不卷入主观的心理，他们也描写性欲，但是他们对于性欲的看法，简直和孝弟义行一样看待，不以为秽亵，亦不涉轻薄，使读者只见一件悲哀的人生，忘了他描写的是性欲。这是自然主义的一个特点，对于专以小说为‘发牢骚’，‘自解嘲’‘风流自赏’的工具的中国小说家，真是消毒药，对于浸在旧文学观念里而不能自拔的读者，也是绝妙的兴奋剂。”（沈雁冰《自然主义与中国现代小说》，引自郑振铎《中国新文学大系·文学论争集》，1935 年上海良友图书公司出版）

茅盾又指出：“自然主义是经过近代科学的洗礼的，他的描写法，题材，以及思想，都和近代科学有关系——曹拉（左拉）的巨著《鲁孔·玛加尔》就是描写鲁孔·玛加尔一家的遗传，是以进化论为目的。莫泊三（莫泊桑）的《一生》，则于写遗传而外又描写环境支配个人。意大利自然派的女小说家塞拉哇（Serao）的《病的心》（*Cuore Infermo*）是解剖意志薄弱的妇人的心理的。进化论，心理学，社会问题，道德问题，男女问题……都是自然派的题材。自然派作家大都研究过进化论和社会问题，霍普德曼在作自然主义戏曲以前，曾经热烈地读过达尔文的著作，马克司（马克思）和圣西蒙的著作，就是一个现成的例。……做社会小说的未曾研究过社会问题，只凭一点‘直觉’，难怪他用意不免浅薄了。想描写社会黑暗方面的人，很执着地只在‘社会黑暗’四个字上做文章，不一定会做出好文章来的。我们应该学自然派作家，把科学上发现的原理应用到小说里，并该研究社会问题、男女问题、进化论种种学说，否则，恐怕没法免去内容单薄与用意浅显两个毛病，即使是天才的作者，这些预备似乎也是必要的。”（同上）茅盾对中国现代文学状况的批评以及对自然主义的评价，是切中肯綮的，由此也可以看出，张资平的小说采用自然主义的表现方法，不是一种“堕落”，而是创作理论和方法上的革命，不是小资情调的“诲淫”，而是极其严肃地对人与人之间情欲的拷问，以揭示更深刻的社会问题。

三

自然主义文学思潮在日本曾刮起过旋风，就像章士钊们的甲寅派反对新文化运动的《老虎》周报在日本风行一阵子一样，当然它远不如自然主义文学思潮影响深远，这就说明新生的东西，有其坚强的生命力。

1907年，田山花袋模仿霍普特曼的《寂寞的人们》创作了《棉被》，于是开启了自然主义"私小说"的道路。私小说一下子在文坛流行。佐藤春夫和志贺直哉则是私小说写作的翘楚，对张资平、郁达夫等人影响至深。鲁迅、郭沫若、巴金也都受过自然主义创作思想的影响。

所谓私小说，也叫身边小说、实验小说、个人小说，写作模式是：作者的爱情悲剧，情欲；文坛逸事；作者遭遇的家庭纠纷；贫困生活时的心情和见闻杂感。

张资平《约檀河之水》《冲积期化石》《梅岭之春》等小说，受自然主义私小说影响，语言自然、质朴、清丽，生动地反映了生活，人物刻画、心理描写都崇尚自然再现。至于对情、爱、性的描写，这是文学作品不可忽视的一个内容，并不奇怪。尤其作为自然派作家，他不会把情欲的描写加入个人的情绪和情感，在这一点上，他比旧派小说作者的写作态度严肃得许多。情欲的描写，只是为了如实揭示生活，让人们从深层了解人物的命运。《梅岭之春》就是这样一部小说。在这部小说中，张资平对主人公的恋爱是这样描写的：

辫髻微微的松乱着，才睡醒来的双目也微微的红肿，纯白的寝衣，这是睡醒后的美人的特征。这种娇媚的姿态由灯光的反射投进吉叔父的眼来，他禁不住痴望了保瑛片刻。给叔父这片刻间的注意，保瑛满脸更红热着，低了头，感到一种不可思议的羞愧。

……

二月杪的南方气候，渐趋暖和了。一天早上保瑛很早的起来，跑到厨房窗下的菜圃中踯躅着吸新鲜空气。近墙的一根晚桃开了几枝红艳的花像对着人作媚笑。保瑛走近前去，伸手想要折几枝下来。

“采花吗?”保瑛忙转过头来，看叔父含着雪茄也微笑着走进菜圃来了。

“叔父！桃花开了哟!”她再翻转头去仰望着桃花。“一，二，三，四，五，六，六枝哟！明后天怕要满开吧。”

雪茄的香味由她的肩后吹进鼻孔里来。她给一种重力压着了，不敢再翻转头来看。处女特有的香气——才起床时尤更浓厚的处女的香气，给了他一个奇妙的刺激。

她把低垂着的一枝摘下来了。

“那朵高些儿，叔父，过来替我摘下来。”

吉叔父把吸剩的雪茄掷向地下，蹬着足尖，伸长左手探来那一枝桃花。不提防探了一个空，身体向前一闪，忙把右臂围揽了保瑛的肩膀。他敌不住她的香气的诱惑，终把她紧紧地抱了一会。

厨房的后门响了。章妈的头从里面伸出来。保瑛急急地离开吉叔父的胸怀，但来不及了。章妈看见他和她亲昵的状态，把舌头一伸，进入厨房里去了。

“对不住了，保瑛。”吉叔父望着她低着头急急地进屋里去。保瑛经叔父这一抱，久郁积在胸部的闷气像轻散了许多。

那晚上十二点钟了，保瑛还没有睡，痴坐在案前望洋灯火。叔父在叔母房里的笑声是对她的一种最可厌的诱惑。不知从什么时候起，这种笑声竟引起了她的一种无理由的妒意。

这就是张资平对性与爱的描写，也是许多年来，被指责为“专写恋爱小说”的作家的作品之一，现在我们来看这些描写，应该说，比之当代一些性描写的东西来，他笔调是含蓄保守的，态度也是严肃的，而且作为当时自然派的代表作，体现了“直”“实”精神，即使对性的描写，也持严肃求实的态度，不规避，也不添加丝毫个人的情绪和情感。这种自然主义创作思想，在揭露封建礼教对追求婚姻恋爱自由的青年的残害和戕杀，具有真实和生动的力量。

张资平的这篇小说1924年8月8日写于梅县的蕉岭矿山中，发表于1925年《东方杂志》21卷20号。这一时期，他有机会接触家乡的农民，接触农村生活，丰富了他的文思，小说中生活气息很浓，语言也质朴自然清新。在这篇小说里可以看到，他对吉叔父家里房子布局的描写，完全是自然主义的写法。

他以写实的笔触，将房屋格局原原本本叙述出来，不借助任何形容，环境更为真实可信，更有感染力。

他的小说里没有刻意的人物拔高，写的是身边普普通通的大众，所发生的故事也是来自大众生活的见闻，一点也不矫饰做作。既没有好得通体发光的人，也没有坏得通体流脓的人，这就是真实的再现，也是自然主义表现手法的精髓。

这篇小说以保瑛的不幸遭遇，揭露了封建社会包办婚姻的弊端。她追求婚姻自主，最后的结局是要被族人“裸体缚在柱上，一任族人的鞭挞，最后就用锥钻刺死她”，这是多么残忍的封建族规！张资平作了深刻有力的揭露。作品中，对性的描写，作者并不规避，也无须规避，这是自然派作家所遵循的法则，如实再现，揭示社会问题、男女问题，深刻反映了五四时期青年男女追求恋爱自由、婚姻自主的时代声音，具有一定的社会意义。陈子善先生在评价他的《上帝的儿女们》时说："他是现代作家中能够广泛地多侧面地描写教会生活，揭露教会黑暗丑恶的一面的一个代表。"（《上帝的儿女们》重印前言，1994 年版）对于《梅岭之春》，也应作如是观。所以，对张资平其人其作，进行客观的剖析以作出应有的公正的估价，已是时候。从艺术上讲，把准作家及其作品的特色和风格，也就是那些能成气候的内涵，实在是评价作家和作品的重要标准。像在深邃的山洞里前行，要"拥火以入，入之愈深，其进愈艰，而其见愈奇"（王安石《游褒禅山记》）。

可见，张资平的小说，并不是"专注于三角恋爱"，那个时期，他是以自然主义的表现手法，真实地再现中国妇女反对封建礼教，追求婚姻与恋爱自由的现实。他对于"男女之大防"的描写，态度是严肃的，没有掺杂个人的情感意识在其中，也没有丝毫诲淫的语言，比之现在的描写，简直不是一回事。所以当时他的书十分畅销，常常是一出版就告售罄。与当年的柳词有异曲同工之妙。无独有偶，柳永为宋仁宗"且去填词"所斥，不得录用，而"△"的符号，也使张资平的小说一直遭到不应有的误解。

四

从梅县走出来的年轻作家张资平，创作激情迸发，所著有近百种之多，是名副其实的著作等身。他的小说从题材可分为四类。

第一类写留学生生活。有处女作《约檀河之水》（1920 年 11 月发表），写的是中国留学生与日本姑娘的恋爱悲剧。

第二类是作者自传性文章。如《脱了轨道的星球》《从黄龙到五色》《我的创作经过》《澄清村》《曙新期的创造社》《木马》《杂忆》等，都是作者的自传，写的是他学生时代和创造社时期的生活。

第三类是恋爱小说。这部分作品比较多，因此成为公认的"恋爱小说家”。拥有众多青年读者，常常是一本书刚出版便被抢购一空，许多作品再版重印，例如根据日本小说改写的《飞絮》1926 年 6 月初版，半年之内连印 3 版，到 1929 年已经出了 8 版，17 000册，《最后的幸福》印 5 版，《苔莉》则共印 9 版之多。

张资平的爱情小说多是抒发留学生在异国他乡的内心痛苦，描写日本下层人民生活的艰辛，更多的则是反映五四时期青年男女对恋爱自由、婚姻自主的热烈追求，以及陈腐的封建伦理道德和金钱势力对他们的束缚。他以客观平实的写作态度，清新流畅的笔调，再加上甜熟柔婉的情致，使其作品很快赢得了读者。

第四类是揭露日本侵略者暴行小说，如 1930 年出版的《天孙之女》既揭露日本帝国主义鄙视、屠杀中国人民的罪行，又控诉了日本帝国主义糟蹋、蹂躏日本女性的残暴。该书 1930 年 7 月出版后，9 月再版，1931 年 2 月 3 版，8 月 4 版，1932 年 6 月 5 版，总共印行 11 000册，被日人译成日文，在和文版的上海日报上发表，引起了日本人剧烈的反感。因而爆出“张资平怕走北四川路”的消息，因四川路是日本人聚居的地方。此外，1933 年初夏写作的短篇小说《红海棠》《无灵魂的人们》《欢喜陀与马桶》也可归为此类。

身为左翼批评家的钱杏邨（阿英）对张资平的评价是很正确的。他说：“张资平的创作确实是时代的产儿，我们只要了然于五四运动以后的情况，我们就可以不假思索的指将出来，张资平先生的恋爱小说完全是五四期间女子解放运动以后，必然地要产生出来的创作。”在谈到《梅岭之春》的创作方法，他说：“如一个科学家一样，很精细地从各方面去考察、去描写，描写得异常深刻。”（钱杏邨《张资平的恋爱小说》）

这篇在 1924 年写于作者家乡的小说，……在人物塑造上，较成功的是童养媳保瑛，在她身上，一定程度地控诉了封建礼教和宗法制度对妇女的压迫，以及身受压迫的妇女对现实的反抗。作为“卑怯的好汉”吉叔父，作者没有让这个人物概念化，而是按他性格发展的逻辑描写他的心理特征，对他的怯懦与不负责任，亦有所鞭挞。作者还借吉叔父之口，从侧面披露了教会学校的虚伪与龌龊，揭示“要顾饭碗就不能不把良心除掉。在现实社会上只管顾着良心是会饿死的”现实，一定程度表明了他当时进步的倾向。此外，即便是着墨极少的仆人章妈，也形神兼备、栩栩如生，足见作者描写的功力。简言之，《梅岭之春》是一篇从思想内容到艺术形式均有一定价值的小说。

——杨宏海《张资平和他的小说〈梅岭之春〉》

对张资平文学创作的社会意义的评价，这个认识也是很正确的。我们再看张资平在对客家风俗描写上，也体现了自然主义法则，细微和自然流畅。

对岸农家的鸡在高声的啼，惊破了大自然的沉静。远远地还听见在山顶采樵的年轻女人在唱山歌：

蓬辣滩头水满堤，迷娘山下草萋萋。
暂时分手何珍重，岂谓离鸾竟不归。

共住梅江一水间，下滩容易上滩难。
东风若肯如郎意，一日来时一日还。

她们的歌声异常的悲切，引起了她无限的追忆——刻骨的悲切的追忆。她望见岗下和隔河农家的炊烟，才懒懒地抱着小孩儿回去。

对客家妇女的情思和追忆，张资平很自然地运用客家山歌来表现，真是不著一字，尽得风流。如此者再三，加深了人物的心理刻画。

杨宏海对此也有精到的评点：

梅县素有“山歌之乡”的称誉，“土俗好为歌，男女相赠答。颇有《子夜》《读曲》遗意”（黄遵宪）。当地男女往往在桑间濮上，用山歌传情，缔结良缘。这亦是梅县典型之民俗。小说根据情节发展的需要，在作品中三次借用了山歌，把任务在特定的环境下的微妙心境密切联系起来，增强了作品的民俗氛围与艺术感染力。

张资平不但善于从民间歌谣中吸取营养，也注意提炼通俗而生动的语言，使小说雅俗共赏，在这方面，《梅岭之春》颇有代表性。从“风俗画”与“通俗化”的角度看，我以为这篇小说完全可以与鲁迅先生所称许的“乡土文学”相媲美。

——杨宏海《评张资平的〈梅岭之春〉》

张资平在《梅岭之春》中对客家妇女外形刻画也生动形象：

她的母亲一早就出去了，带一把砍刀，一把手镰，一条两端削尖的竹杠和两条麻索出去，她的丈夫也牵着一头黄牛过乡村去了。她没有生小孩子以前是要和她的母亲——其实是她的婆婆——一同到山里采樵去的。

……

邻村景伯母，肩上担着一把锄头走过她的门首。

……

“景伯姆，看田水去吗？我送你一程。”她抱着小孩子跟来了。小孩子更手舞足蹈的异常高兴。

是的，昨晚下了一夜的大雨，我的稻秧不浸坏了吗，我想把堤口锄开些，放水出来。”

……

裤脚高卷至膝部，赤着双足，头顶戴着一块围巾，肩上不是担一把锄头，就担一担粪水桶：这就是农村女人的日常生活。

在粤东客家农村，从传统社会到现在，妇女是主要劳动力，所谓“田头地尾，灶头锅尾，针头线尾”，几乎都是以妇女为主。客家妇女的勤劳是举世闻名的。

张资平回国后经济上并不很宽裕，“我因为没有一家书店的版税靠得住，连最相信的创造社出版部都靠不住，所以只好自己集资来开书店了”。（张资平《我与乐群》）

经济上的拮据，导致与创造社出版部经济上的龃龉，使张资平甚为不快，甚至动则锱铢必较，表现了一些文人所共有的偏激和狭隘、易冲动的毛病，他为此开罪了一些朋友和合作者。但为了生存，他不得不靠卖文为生，除了开书店，他勤奋写作，他的高产，这是主因。另一方面，据说他在上海期间，组织了一个写作班子，招募了一些有写作才华的年轻人，在他的“望岁小农居”别墅里，采取作坊式的写作“流水作业”，由他出故事出情节，让学生发挥，完稿后由他再润色、修改，即予刊行。一年下来，可出长篇三四本，上百万字。文人也要为稻粱谋，这一工作方式在今天看来，也无可非议了。现在用电脑打字，一个人一年写上百把万字也不足奇。比起文坛的抄袭之风盛行，那“望岁小农居”小说作坊，又算什么呢？甚至堪称文学写作工业的革命先驱了。

当我们在阅读海外作家那惟妙惟肖的作品时，也应该回过头看看我们自己的文学，许多好的作品如同沉没在海底，没有人去发掘，偶然的阅读使我的神经又一次地亢奋起来，文学不仅仅只写爱情，还应该有更深层次的东西蕴涵其中。这就是人文的乐之所在！

——郑伯奇《忆创造社》，《文艺月报》1959 年 2 月号

评价一个作家的政治立场，不可不参看他的作品，严格地说起来，主要是看他的作品。张资平的二十多部长篇小说，十来部短篇小说，庶几可以申辩自己曲折的一生。而在创造社创建的历史上，在现代文学发展史上，这是不可忽视的。

梅河水依然波光粼粼，日夜流淌，客家山歌依然在乡间传唱。罗屋码头已经不复当年景象，码头的石阶也没有了，但父亲穿着浅蓝色长衫的身影，依然屹立在码头上，看着远方，目送着星仪乘船远去，又似眺望远处一点又一点归帆，等着儿子学成回来……

创造社，这个光耀现代文学史的里程碑，风雨不能剥蚀，烽燹不能摧毁，岁月不会忘记。客家之子张资平，经过历史的检验，最终要回到他自己的位置上，他曾说他是一颗脱了轨道的星球，人们正在历史的苍穹努力探索，帮这个星球找回他的轨道，让他重新光彩熠熠，出现在人们热切的视线里。

2015 年 12 月 10 日于深圳